U0109738

民國文化與文學研究文叢

（蘇州大學特輯）

九　編

湯哲聲、李怡 主編

第4冊

從通俗文學到大衆文化
——舊文選編（下）

徐斯年 著

國家圖書館出版品預行編目資料

從通俗文學到大眾文化——舊文選編（下）／徐斯年 著 -- 初版 -- 新北市：花木蘭文化事業有限公司，2017〔民 106〕
目 2+166 面；19×26 公分
（民國文化與文學研究文叢 九編；第 4 冊）
ISBN 978-986-485-026-6（精裝）
1. 中國文學 2. 通俗文學 3. 文學評論
820.9　　106012775

民國文化與文學研究文叢
九　編　第 四 冊　　ISBN：978-986-485-026-6

從通俗文學到大衆文化——舊文選編（下）

作　　者　徐斯年
主　　編　湯哲聲、李怡
企　　劃　四川大學現代中國文化與文學研究中心
　　　　　北京師範大學民國歷史文化與文學研究中心
總 編 輯　杜潔祥
副總編輯　楊嘉樂
編　　輯　許郁翎、王　筑　美術編輯　陳逸婷
出　　版　花木蘭文化事業有限公司
社　　長　高小娟
聯絡地址　235 新北市中和區中安街七二號十三樓
　　　　　電話：02-2923-1455／傳真：02-2923-1452
網　　址　http://www.huamulan.tw 信箱 hml 810518@gmail.com
印　　刷　普羅文化出版廣告事業
初　　版　2017 年 9 月
全書字數　257715 字
定　　價　九編 8 冊（精裝）新台幣 15,000 元

從通俗文學到大眾文化
——舊文選編（下）

徐斯年 著

目次

談電影《臥虎藏龍》
——答上海《東方早報》書面採訪

1. 您覺得李安在《臥虎藏龍》的改編中，做得最成功的是什麼？

我個人最欣賞的是兩點：第一，他把自己對《寶劍金釵》的情感體驗，非常巧妙、相當得體地揉進了電影《臥虎藏龍》之中。俞秀蓮和李慕白的形象給人留下的印象極爲深刻——在王度盧的作品裏，他們屬於《寶劍金釵》而不屬於《臥虎藏龍》，從這個意義上講，這兩個人物在很大程度上是李安「創造」的。第二，他用電影語言敘述了一個有聲有色的《臥虎藏龍》故事。小說屬於「時間的藝術」，電影固然也有「時間藝術」的成分，但更是一種「空間藝術」。它的「語言」是一個宏大的、綜合的符號系統，李安對這個系統的操控能力、表現能力確乎令人欽佩。電影所得的獎項包括最佳美術獎和最佳配樂獎，這裡顯示著「電影語言」的一種特色；小說是缺乏這樣直接、這樣豐富的視覺衝擊力和聽覺感染力的。大陸的有些電影作品給我的感覺是「不會敘述」，李安的《臥虎藏龍》則「敘述」得十分清晰、流暢。

2. 您曾經提過，李安是在用一種「世界話語」闡述《臥虎藏龍》，能夠具體解釋一下你在電影中看到的「世界話語」嗎？

我說的「世界話語」，簡單地說就是好萊塢式的電影語言。從全球化的角度看，現今世界電影的話語霸權還是操縱在好萊塢的手裏。上面講的第二點已經涉及這種「話語」的特色。我認爲西方的話語霸權有其「壟斷性」乃至「排他性」，但是他們在電影藝術方面的成就屬於人類共同的文化財產，中國人應該學習它，應該學會與之對話。形式主義美學認爲任何藝術作品都是「有意味的形式」，電影《臥虎藏龍》的形式和「意味」都有西方人熟悉的東西，然而它們又植根於華夏，是西方觀眾「熟悉的陌生者」。剛看到香港《亞洲週刊》的一篇文章〈《斷背山》征服西方高峰〉，其中說到李安的《臥虎藏龍》，是「以西方人的眼界把中國的武俠片與好萊塢的西部片與歌舞片結合，將武俠片的劇情融會貫通西部片追求自由的個人主義，再用歌舞片的敘事手法和場面調度，拍成一部令美國觀眾覺得既親切又神奇的破格之作。」這就是我說的「世界話語」，當然，中國人作爲面對西方強勢文化的「他者」，運用「世界話語」的角度和方式可以是多種多樣的。

3. 相對《臥虎藏龍》的故事情節，西方觀眾更多記住的是李安在影片中，讓周潤發、章子怡都「飛」起來的鏡頭，您覺得李安這一筆強調合理嗎？對原著會有怎樣的影響？

據我得到的信息，西方觀眾至少有兩類：一類傾倒於電影裏的「工夫」，另一類則從片子裏領悟到某些深層的意蘊，例如有人就認爲《臥虎藏龍》和《傲慢與偏見》具有可比性。把演員吊起來「飛」，在中國影片裏早就有了，《臥虎藏龍》不過「飛」得別致一些、精彩一些而已，即使如此，「竹林鬥劍」那一場，兩個演員的動作還是有一點「僵」——這也難怪：武術講究「下盤」工夫，下盤懸空了（這是「剪貼」特效的缺欠），「工夫」怎能發揮出來呢！西方影片的特技比我們花頭多得多，爲什麼他們的觀眾卻對咱們的「飛」如此傾倒呢？這裡恐怕有個文化差異問題。他們的「飛」，或者要靠「工具」（如《哈里波特》裏的掃帚、《巴格達竊賊》裏的飛毯），或者只是風箏似地飄；咱們的「飛」（我倒覺得電影《臥虎藏龍》中的「飛簷走壁」相當好看），是作爲人的肌體的一種動作、一種功能來表現的。這裡顯示著「物理」、「玄理」之別，也就是文化差別。從這個角度考察，李安強調「這一筆」還是有道理、有效果的。這當然不是原著的特色，王度廬先生寫武打，有人說「土」得掉渣，他不擅談玄。

4. 李安曾經說過，他是把「青冥劍」作為電影的重心，您覺得這樣的理解有什麼樣的意義？這把劍算是小說《臥虎藏龍》的線索之一嗎？

我認爲「青冥劍」在小說「鶴－鐵五部曲」裏只是一個貫穿道具，起著結構作用。它是「寶」，但不「神」。電影裏的「青冥劍」則不僅是「神器」，更是「圖騰」。「青冥劍一出，天下將如何如何」，這樣的話語不是王度廬話語

——正如上面所說，他不擅長談玄。我覺得作爲改編作品，電影《臥虎藏龍》最令人遺憾之處，便是把王度廬「金庸化」了。

5. 電影的結局是和小說差別最大的部分。您如何理解李慕白之死？李安自己稱，是想通過「一個男人傾其一生最後找到歸宿」，來表達一種浪漫。您認同嗎？

你的提問好像涉及兩個結局：一是玉嬌龍的跳崖，一是李慕白之死。前一個結局，我感到不如小說來得富有「人間氣息」。李慕白之死，雖是與小說原著最大的差別，但是那種「浪漫」，卻不僅是李安的，我認爲也是王度廬的，對此我認同。不認同的是電影對李慕白的「掌門化」。小說確實講到他們與武當派的關係，但總體上不強調門派，不崇尚權威。

6. 很多評論認為，玉蛟龍這個角色被李安在電影中完全弱化了，您怎麼看這個問題？

也有評論認爲玉嬌龍被強化了，前面說的那篇《亞洲週刊》上的文章就認爲：「章子怡的角色搶盡周潤發和楊紫瓊的風頭。」這裡涉及從什麼角度看這部電影的問題：是把它視爲一部獨立的、「獨創」的作品，還是把它看作一部改編的作品？持前一種態度的，多是沒有讀過小說原著的。我不可能不持後一種態度，從這個角度考察，電影裏玉嬌龍的「弱化」，首先是李慕白和俞秀蓮的「強化」造成的。其次，又與劉泰保的「弱化」分不開。在原著裏，劉泰保既是一個結構人物，又是一個和玉嬌龍相輔相成、「對立統一」的重要配角；到了電影裏，他的結構功能在很大程度上都改由李、俞承擔了，而李、俞卻又不是「扶紅花」的「綠葉」，經常奪玉嬌龍的戲。第三，原著對玉嬌龍出嫁和跳崖前後的心態，寫得非常細緻，相關場面也很生動，這些在電影裏也都被弱化了。這三個原因，都和電影的「立意」有關，也就是和李安要表達的「浪漫」有關，「成也蕭何，敗也蕭何」，此之謂歟？

7.《臥虎藏龍》之前，中國的武俠電影從來沒有在好萊塢引起共鳴。您覺得，如果導演不是李安，換作其他香港或者內地導演，有可能導演出這樣一部《臥虎藏龍》的電影來嗎？

我想，香港或內地的其他導演，總會也有拿奧斯卡獎的時候；沒拿到奧斯卡獎的，也不見得必定不是好作品。但是，任何優秀的藝術家或藝術作品，都只能是「這一個」。我很注意一個報導，說《十面埋伏》落榜的原因，不在於視覺效果不如人，也不在於製作夠不夠「大」，而在於評委們覺得「看不出主題」。這也許就反映著某種差距吧。後來的《無極》、《七劍》我都沒看過，但有一種感覺：現在的武俠片，似乎都在走「古龍路子」，每句話都要蘊含「哲理」，「玩深沉」。這種風格初看新鮮，成爲套路就空洞了。個人以爲，武俠文藝還是得寫「江湖」，寫人性。

8. 在您看來，如果王度廬看到這部電影，他最不滿意的可能是哪個方面？

這個問題很難回答，因爲倘無「非自然因素」的介入，已逝的時空與現實的時空是很難實現對接、重疊的。而且我對王度廬老師的直接瞭解也很有限：他平時沉默寡言，又沒給我們上過課。在校五年，直接和他面對面地講話只有一次：我們去他家給夫人李丹荃老師拜年，王老師走出來說：「來啦！」「坐吧，坐吧！」就回裏屋去了，讓我們可以無拘束地和李老師談笑。不過，我們可以把他的作品當作一種穿越時空的「非自然因素」，根據作品裏的他，來推測你說的可能性。首先要說的是，他懂電影，從他好幾部社會言情小說的內容可以知道：二十世紀三四十年代在華上映的許多好萊塢大片，他都看過（其中提到珍妮唐娜、耐爾遜挨地、泰羅鮑華、羅勃泰勒、狄安娜杜萍等影星以及《鳳凰于飛》、《丹鳳朝陽》、《羅密歐與朱麗葉》、《生死同心》、《埃及豔后》等影片）。所以，他知道好萊塢的電影語言是什麼樣的，也知道電影藝術和小說藝術、改編作品和原創作品的區別。如果他能看到這部電影，我想會覺得是部好片子，很好看。要說最不滿意的，我覺得可能還是「金庸化」（他既然「能」看到李安的電影，當然也就能「讀」到金庸的小說），不是說金庸風格不好，而是說那不是王度廬的風格。還有，羅小虎和玉嬌龍在大漠裏的那些「阿拉丁風味」的絢麗場景，也和原著相差頗大。

9. 您是否看過電影《臥虎藏龍》？您對其中哪個角色最欣賞？哪個演員的演繹更接近王度廬老師筆下的人物？

我只看過一遍碟片（倒是正版的），所以體會不到「劇場效果」。個人最欣賞的角色是俞秀蓮，當然也是因爲楊紫瓊的演繹乃至她的服裝、化妝等，都更接近王老師筆下的人物。周潤發能把李慕白演繹得這樣，也很不俗，但是電影裏的這個人物離小說的原型太遠，小說裏的他沒這樣「好」，也沒這麼「偉大」。

10. 現在李安導演開始籌備《臥虎藏龍》續集，您會對他有怎樣的意見和建議？

所謂續集其實是「前傳」即《寶劍金釵》。前面說過，李安已把自己對《寶劍金釵》的情感體驗捏進電影《臥虎藏龍》了，這為拍「前傳」增加了挑戰性。但他很聰明：沒有挪移《寶劍金釵》的故事情節，這就為下面的創作留下了很廣闊的空間。以他的才氣，在後面這部作品裏肯定會向我們提供一些新的情感體驗。我的建議是：切勿把李慕白寫成「高大全」。如何用好萊塢式的電影語言表現王度廬風格，可能更具挑戰性——我也比較偏愛《寶劍金釵》，覺得它更具「王度廬風格」，而這部作品最吸引人的地方，我以為即在「武戲文唱」，不知李安先生是否認同。

韓文版電影《臥虎藏龍》海報

2006-3-6

（同年 3 月 12 日見報時有所刪節）

王度廬年表

徐斯年　顧迎新

1. 本表曾在《西南大學學報》刊出，此爲補訂本，包括增補史料及說明、考證，並糾正了個別疏誤。

2. 本表包含許多新發現的資料，特別是在遼寧省實驗中學檔案室發現的王度廬檔案，從而補正了徐著《王度廬評傳》的一些誤判和部分欠缺。

3.「度廬」實爲1938年起用的筆名，爲了統一，本表用爲表主正名。

4. 由於史料不全，歷年行狀、著述依然詳略不一，有待繼續挖掘、補充史料。

5. 表中所記日期，陽曆用阿拉伯數字，清、民國年份及舊曆日期用漢字。

6. 表中所繫年齡均爲虛歲。

7. 由於舊報缺失嚴重，所以連載作品肯定不全。表中所錄者，始載時間和結束時間多難確認，一般僅記月份，有線索可資考證者在按語中加以說明。

1909年（清宣統元年，己酉）　1歲

正月，清帝愛新覺羅・溥儀改元「宣統」。清廷決定消除「旗」、「民」界限，旗人不再享受「俸祿」。

七月廿九（9月3日），王度廬生於北京「後門裏」司禮監胡同四號一戶下層旗人家庭，原名葆祥（後曾改爲葆翔），字霄羽。父親「在清宮管理車馬的機構裏當小職員」。家庭成員除父母外還有一位姐姐、一位未嫁的姑母和一位叔祖父。一家六口，全靠父親薪金維持生計。

按後門即地安門，「後門裏」位於地安門內，屬鑲黃旗駐地。司禮監胡同，得名於明代位於該地之司禮太監署；後改稱「吉安所右巷」，則得名於清代宮中嬪妃、宮女卒後停屍之「吉祥所」(後改「吉安所」)。原四號今爲九號。

關於父親職務的記述引自王度盧手寫簡歷，其父任職機構當係內務府下屬之「上駟院」。內務府爲管理皇家事務的機構，成員均爲滿洲上三旗(鑲黃、正黃、正白)「從龍包衣」。「包衣」，滿語，意爲「自家人」，一定語境下也指「奴僕」、「世僕」。據此，王氏當屬編入滿洲鑲黃旗的「漢姓人」(不同於「漢人」、「漢軍」)，這一族群不僅屬於「旗族」，而且也被承認爲滿族。

今吉安所右巷九號（原司禮監胡同四號）

1912年（民國元年，壬子）　4歲

1月1日，孫中山宣誓就任中華民國總統。2月2日，清宣統帝宣告退位。

根據清室優待條件，宮內各執事人員照常留用，王度廬父親依然可以領受部分薪金，家庭生計勉得維持。

1916年（民國五年，丙辰）　8歲

1月，王度廬父親病故。2月，遺腹弟出生，名葆瑞，字探驪。家境日蹙，主要靠母親爲人縫補漿洗維持生計。

是年2月2日，王度廬夫人李丹荃生於陝西周至。

按葆瑞出生時間據人民日報社1991年1月3日印發之〈譚立同志生平〉。葆瑞（即譚立）爲遺腹子，由此可知其父當卒於1月份。

周至，離西安甚近。

1918年（民國七年，戊午）　10歲

是年王度廬始入私塾讀書。曾與姐、弟同染重症，母親變賣家當爲之治療，終得轉危爲安，而家庭經濟更加窘困。

1919年（民國八年，己未）　11歲

五四運動爆發。

王度廬仍在私塾就讀。

1920年（民國九年，庚申）　12歲

王度廬仍在私塾就讀。

1921年（民國十年，辛酉）　13歲

是年王度廬入景山高等小學就讀。

1922年（民國十一年，壬戌）　14歲

王度廬在讀於景山高小。

1923年（民國十二年，癸亥）　15歲

王度廬在讀於景山高小。

1924年（民國十三年，甲子）　16歲

王度廬在讀於景山高小。

1925年（民國十四年，乙丑）　17歲

是年1月，宋心燈在北京創辦《小小》日報（後改《小小日報》），自任社長、主筆。

王度廬從景山高等小學畢業，先在精精眼鏡店當學徒，後在《平報》和電報局任見習生，可能已經開始向《小小》日報投稿。

按宋心燈（？～1949），字信生，原籍河北大興（析津）。新聞專科學校畢業，也是北京早期足球運動和羽毛球運動的發起者之一。《小小》日報即注重刊載體壇信息，後來發展爲綜合性小報。

又按遼寧省實驗中學所存退休人員檔案中的王度廬登記表，「文化程度」一欄填爲「九年」，當係虛數。

1926年（民國十五年，丙寅）　18歲

是年12月24日，《小小日報》刊出宋信生所撰《本報改版宣言》，「將舊有之八小版易爲四大版」。

是年《小小日報》先後刊載王度廬所撰偵探小說《半瓶香水》、《黃色粉筆》和「實事小說」《紅綾枕》，均署「王霄羽」。

9月，《小小日報》館印行《紅綾枕》單行本，標類改爲「慘情小說」。

12月，《小小日報》連載社會小說《殘陽碎夢》，亦署「王霄羽」。

按因存報缺失嚴重，《半瓶香水》、《黃色粉筆》未見，不知確切發表時間。因《紅綾枕》內文提及它們，故知連載於《紅綾枕》之前。由此亦不排除其一已於上年開始見報的可能。又據李丹荃女士回憶，早期作品還有《繡簾垂》、《浮白快》兩種，均未見。《殘陽碎夢》，現存第十次載於是年12月20日，由此推知當始載於12月1日；現存第三十三次載於次年1月21日，末注「（未完）」。

1927年（民國十六年，丁卯）　19歲

是年王度廬始在寬街夜授計民小學任職，先當會計，後任教員，直至1929年。同時繼續賣稿和自學，包括到北京大學旁聽，往三座門北京圖書館、鼓樓民眾圖書閱覽室閱讀。

1月，《小小日報》連載武俠小說《俠義夫妻》，署「王霄羽」。

3月16日，《小小日報》始載社會小說《琪花恨》，署「王霄羽」。

4月，《小小日報》連載社會小說《孀母孤兒》，署「王霄羽」。

5月，《小小日報》連載社會小說《飄泊花》，署「王霄羽」。

6月，《小小日報》連載偵探小說《紅手腕》，署「王霄羽」。

8月，《小小日報》連載俠情小說《護花鈴》，署「霄羽」。

10月，《小小日報》連載武俠小說《青衫劍客》，署「王霄羽」。

按《俠義夫妻》現存第八次載於1月31日，當始載於《殘陽碎夢》結束後；連載結束時間當在《琪花恨》始載之前。《孀母孤兒》僅存5月2日第十一次，由此推知始載時間在4月（《琪花夢》結束之後）。《飄泊花》，現存第六次載於5月30日。《紅手腕》，現存第十一次載於7月9日，可知始載於6月末。《護花鈴》僅存十四、十七次，載於9月2日、5日，是知始載於8月，標類「俠情小說」，寫當時題材。《青衫劍客》，第四次載於10月9日，至11月9日猶未結束。

1928年（民國十七年，戊辰）　20歲

是年北京改稱「北平」。

3月，《小小日報》連載偵探小說《疑真疑假》，署「葆祥」。

3月，《小小日報》連載社會小說《蝶魂花骨》，署「王霄羽」。

7月，《小小日報》連載「醒世小說」《雙鳳隨鴉錄》，署「王霄羽」。

按《疑真疑假》第四次載於3月12日，當始載於8日。《蝶魂花骨》，第三十四次載於4月11日，當始載於3月9日，與《疑真疑假》同時，故用兩個筆名。《雙鳳隨鴉錄》，第四十二次載於8月21日。

本年存報缺失嚴重，當有不少連載作品至今未知。以下類似情況不再逐一說明。

1929年（民國十八年，己巳）　21歲

6月，《小小日報》連載社會小說《戰地情仇》，署「王霄羽」。

按《戰地情仇》僅存7月4日一次（序號未詳）。本年幾無存報。

1930年（民國十九年，庚午）　22歲

是年王度廬離開寬街夜授計民小學，改任家庭教師，不久認識李丹荃。

按李丹荃在所遺手稿〈王度廬小傳〉中說：「我在北京讀中學時，在一個同學家裏認識了王度廬。那時，他正給我的同學的弟弟補習功課。記得他曾送過我兩本書，一本是納蘭容若的《飲水詞》，另一本是《浮生六記》。我不

喜歡《浮生六記》，卻很喜歡那本詞，有些句子至今仍能記得，如『搖落盡，有髮未全僧，風雨消磨生死別，似曾相識只孤燈；情在不能醒……』『瘦狂那似肥癡好，任他肥癡好，笑他多病與長貧，不及衰衰諸公向風塵……』」（按文中所記納蘭詞句與原作略有出入。）

3月，《小小日報》連載偵探小說《自鳴鐘》，署「王霄羽」。

按《自鳴鐘》殘存連載文本至三十一次告「全卷終」，次日接載《驚人秘柬》第一次。故暫繫於3月。

是年，王度廬始用筆名「柳今」在《小小日報》開闢個人專欄「談天」，每日發表短文一篇，縱論國事、民生、世態、人情、風習、學術、藝文等。「柳今」在這些短文裏經常述及「自己」的「經歷」，多屬杜撰；但是，這位論說者的心態、性格、氣質又與當時的王度廬十分相符。

按因存報缺失，「談天」開欄、終結時間未詳。

4月1日，《小小日報》「談天」欄刊出雜文〈世態〉。

4月4日，《小小日報》「談天」欄刊出雜文〈荒蕪的青年〉。

按4月2日、3日報紙缺失，或漏雜文兩篇。以下類似情況不再加注按語。

4月5日，《小小日報》「談天」欄刊出雜文〈中等人〉。

4月6日，《小小日報》「談天」欄刊出雜文〈架子〉。

4月7日，《小小日報》「談天」欄刊出雜文〈性的廣告〉。

4月8日，《小小日報》「談天」欄刊出雜文〈笑〉。

4月9日、10日，《小小日報》「談天」欄連續刊出雜文〈永垂不朽〉（一）、（二）。

4月11日，《小小日報》「談天」欄刊出雜文〈女性的教育與生育〉。

4月12日，《小小日報》「談天」欄刊出雜文〈一位平民文學家〉，贊賞滿族鼓詞作者韓小窗。文中說：「世界本來是平民的世界，尤其是文學家，更要有一種平民化的精神，他才能夠用文學的力量，來轉移風化，陶冶民情；否則琢句雕章，自以爲是，至多不過只能得到少數的文蠹的幾遍誦讀罷了。」韓小窗「這人確實是位有天才、有詞藻、有思想的文學家。他能把他這種才學，不去作八股，不去批試帖，而能用來編大鼓，他的平民思想可見了，他的環境可見了，而他的清高也可見了。」

按韓小窗（約1828～1890），遼寧開原人，滿族，子弟書（即鼓詞）作家。其代表作有《露淚緣》、《寧武關》、《長阪坡》、《刺虎》、《黛玉悲秋》、《紅梅閣》及影卷《謗可笑》、《金石語》等。

4月13日，《小小日報》「談天」欄刊出雜文〈絕頂聰明〉。

4月14、15日，《小小日報》「談天」欄連續刊出雜文〈道德〉(一)、(二)。

4月17至23日，《小小日報》「談天」欄連載雜文〈倫理與中國〉。全文分爲五節：一、倫理的產生；二、倫理的優點；三、倫理被利用以後；四、倫理存亡與中國之存亡；五、倫理的蟊賊。

4月25日，《小小日報》「談天」欄刊出雜文〈小難〉。

4月26日，《小小日報》「談天」欄刊出雜文〈女招待〉。

4月27日，《小小日報》「談天」欄刊出雜文〈落子館〉。

4月29日，《小小日報》「談天」欄刊出雜文〈麻醉劑〉。

4月30日，《小小日報》「談天」欄刊出雜文〈萬壽寺〉。

4月，《小小日報》連載偵探小說《驚人秘柬》，署「王霄羽」。

按《自鳴鐘》殘存連載文本至三十一次告「全卷終」，次日接載《驚人秘柬》第一次，具體日期均難考定。

5月1日，《小小日報》「談天」欄刊出雜文〈贅澤品〉。

5月2日，《小小日報》「談天」欄刊出雜文〈童子軍〉。

5月3日，《小小日報》「談天」欄刊出雜文〈女腿〉。

5月4日，《小小日報》「談天」欄刊出雜文〈顛倒雌雄〉。

5月5日，《小小日報》「談天」欄刊出雜文〈歌舞劇〉。

5月6日，《小小日報》「談天」欄刊出雜文〈招與待〉。

5月7日，《小小日報》「談天」欄刊出雜文〈恢復北京〉。

5月8日，《小小日報》「談天」欄刊出雜文〈野雞〉。

5月9日，《小小日報》「談天」欄刊出雜文〈女招打〉。

5月13日，《小小日報》「談天」欄刊出雜文〈署名〉。

5月14日，《小小日報》「談天」欄刊出雜文〈迷〉。

5月15日，《小小日報》「談天」欄刊出雜文〈惡五月〉。

5月16日，《小小日報》「談天」欄刊出雜文〈送春〉。

5月17日，《小小日報》「談天」欄刊出雜文〈哭〉。

5月18日，《小小日報》「談天」欄刊出雜文〈雨天〉。

5月19日，《小小日報》「談天」欄刊出雜文〈名士派〉。

5月20日，《小小日報》「談天」欄刊出雜文〈小算盤〉。

5 月 21 日，《小小日報》「談天」欄刊出雜文〈自行車〉。

5 月 22 日，《小小日報》「談天」欄刊出雜文〈窮北京？〉。

5 月 23 日，《小小日報》「談天」欄刊出雜文〈服從〉。

5 月 24 日，《小小日報》「談天」欄刊出雜文〈奴隸性〉。

5 月 28 日，《小小日報》「談天」欄刊出雜文〈澡堂裏〉。

5 月 29 日，《小小日報》「談天」欄刊出雜文〈安慰〉。

5 月 30 日，《小小日報》「談天」欄刊出雜文〈中國劇〉。

5 月 31 日，《小小日報》「談天」欄刊出雜文〈遊民〉。

5 月，《小小日報》連載偵探小說《觸目驚心》，署「王霄羽」。

按《觸目精心》原文未見，據《空房怪事》前言列入，連載時間在《神獒捉鬼》之前，故繫於 5 月。

6 月 1 日，《小小日報》「談天」欄刊出雜文〈端午節〉。

6 月 3 日，《小小日報》「談天」欄刊出雜文〈打麻雀〉。

6 月 4 日，《小小日報》「談天」欄刊出雜文〈謀事〉。

6 月 5 日，《小小日報》「談天」欄刊出雜文〈無聊的北平〉。

6 月 6 日，《小小日報》「談天」欄刊出雜文〈病〉。同日開始連載偵探小說《神獒捉鬼》，署「王霄羽」。

按《神獒捉鬼》始載時間據原件圖片背面報頭，共連載二十五次，當結束於 6 月 30 日（7 月 3 日始載《空房怪事》，參見《空房怪事》引言）。

6 月 7 日，《小小日報》「談天」欄刊出雜文〈造化兒子〉。

6 月 8 日，《小小日報》「談天」欄刊出雜文〈瘋人〉。

6 月 9 日，《小小日報》「談天」欄刊出雜文〈闊事〉。

6 月 10 日，《小小日報》「談天」欄刊出雜文〈騙術〉。

6 月 11 日，《小小日報》「談天」欄刊出雜文〈財神　閻王〉。

6 月 12 日，《小小日報》「談天」欄刊出雜文〈畫中人〉。

6 月 13 日，《小小日報》「談天」欄刊出雜文〈醉酒〉。

6 月 14 日，《小小日報》「談天」欄刊出雜文〈夫妻間〉。

6 月 15 日，《小小日報》「談天」欄刊出雜文〈不開殼〉。

6 月 16 日，《小小日報》「談天」欄刊出雜文〈憔悴〉。

6 月 17 日，《小小日報》「談天」欄刊出雜文〈傷心人〉。

6 月 18 日，《小小日報》「談天」欄刊出雜文〈情書〉。

6月19日，《小小日報》「談天」欄刊出雜文〈琴聲裏〉。

6月20日，《小小日報》「談天」欄刊出雜文〈☯〉。

6月21日，《小小日報》「談天」欄刊出雜文〈什剎海〉。

6月22日，《小小日報》「談天」欄刊出雜文〈兇殺案〉。

6月23日，《小小日報》「談天」欄刊出雜文〈關於褲子〉。

6月24日，《小小日報》「談天」欄刊出雜文〈三件痛快事〉。

6月25日，《小小日報》「談天」欄刊出雜文〈詩人〉。

6月26、27日，《小小日報》「談天」欄連續刊出雜文〈貴族學校〉（一）、（二）。

6月28日，《小小日報》「談天」欄刊出雜文〈窮　住〉。

6月29日，《小小日報》「談天」欄刊出雜文〈妙影〉。

6月30日，《小小日報》「談天」欄刊出雜文〈罪惡場中之未來者〉。

6月，《小小日報》連載社會小說《煙靄紛紛》，署「香波館主」。

按現存《煙靄紛紛》第三十六次連載文本影本上有副刊「編餘」一則云：「今天這版算作『七夕特刊』」。查1930年七夕爲陽曆8月30日，由此推知《煙靄紛紛》當始載於6月27日。

7月1日，《小小日報》「談天」欄刊出雜文〈吃飯問題〉。

7月3日，《小小日報》開始連載偵探小說《空房怪事》，署「王霄羽」。

按7月2日、3日報紙均佚，《空房怪事》始載時間據終載推知。此二日「談天」欄可能都有雜文刊出。

7月5日，《小小日報》「談天」欄刊出雜文〈平民化〉。

7月6日，《小小日報》「談天」欄刊出雜文〈面子〉。

7月7日，《小小日報》「談天」欄刊出雜文〈醋　忌諱〉。

7月8日，《小小日報》「談天」欄刊出雜文〈文士與蚊士〉。

7月9日，《小小日報》「談天」欄刊出雜文〈人品與裝飾〉。

7月12日，《小小日報》「談天」欄刊出雜文〈消夏〉。

7月13日，《小小日報》「談天」欄刊出雜文〈財神爺〉。同日，《小小日報》始載慘情小說《玉藕愁絲》，署「香波館主」。

按《玉藕愁絲》始載日期據預告圖片背面報頭推知。

7月14日，《小小日報》「談天」欄刊出雜文〈妓女問題〉。

7月15日，《小小日報》「談天」欄刊出雜文〈楊耐梅　朱素雲〉。

按楊耐梅，生於1904年，中國早期影星，曾出演《玉梨魂》、《奇女子》、《上海三女子》、《空谷蘭》等無聲片。當時北平訛傳她已「香消玉殞」，作者故撰此文悼念。實則楊在1960年卒於臺灣。朱素雲，京劇小生演員朱澐之藝名，生於1872年，卒於1930年。

7月16日，《小小日報》「談天」欄刊出雜文〈難民返國〉。

7月17日，《小小日報》「談天」欄刊出雜文〈燈下人〉。

7月18日，《小小日報》「談天」欄刊出雜文〈捧〉。

7月19日，《小小日報》「談天」欄刊出雜文〈快樂人多？〉。

7月20日，《小小日報》「談天」欄刊出雜文〈西遊記〉。

7月21日，《小小日報》「談天」欄刊出雜文〈火警〉。

7月22日，《小小日報》「談天」欄刊出雜文〈人體美〉。

7月23日，《小小日報》「談天」欄刊出雜文〈窮光蛋〉。

7月24日，《小小日報》「談天」欄刊出雜文〈抵抗力〉。

7月25日，《小小日報》「談天」欄刊出雜文〈香豔文章〉。

7月26日，《小小日報》「談天」欄刊出雜文〈雨夜柝聲〉。

7月27日，《小小日報》「談天」欄刊出雜文〈愛河〉。

7月28日，《小小日報》「談天」欄刊出雜文〈調戲〉。

7月29日，《小小日報》「談天」欄刊出雜文〈「嫁」的問題〉。

7月30日，《小小日報》「談天」欄刊出雜文〈閻羅王〉。

7月31日，《小小日報》「談天」欄刊出雜文〈知音〉。是日偵探小說《空房怪事》載畢。

按《空房怪事》共連載二十九次，殘存文本圖片均無報頭，難以確認具體時間（第一次疑載於7月3日，見圖片背面；結束於第二十九次）。

8月2日，《小小日報》「談天」欄刊出雜文〈戰〉。

8月3日，《小小日報》「談天」欄刊出雜文〈時髦〉。

8月4日，《小小日報》「談天」欄刊出雜文〈人逛人〉。

8月5日，《小小日報》「談天」欄刊出雜文〈跳舞場裏〉。

8月6日，《小小日報》「談天」欄刊出雜文〈姦殺案〉。

8月7日，《小小日報》「談天」欄刊出雜文〈陰陽電〉。

8月8日，《小小日報》「談天」欄刊出雜文〈辦白事〉。

8月9日，《小小日報》「談天」欄刊出雜文〈眼光〉。

8月10日，《小小日報》「談天」欄刊出雜文〈無與偶　莫能容〉。

8月11日，《小小日報》「談天」欄刊出雜文〈喜新厭舊〉。

8月12日，《小小日報》「談天」欄刊出雜文〈洋化的話〉。

8月13日，《小小日報》「談天」欄刊出雜文〈發財學〉。

8月14日，《小小日報》「談天」欄刊出雜文〈兒童　成人〉。

8月15日。《小小日報》「談天」欄刊出雜文〈英雄難過美人關〉。

8月16日，《小小日報》「談天」欄刊出雜文〈交際〉。

8月17日，《小小日報》「談天」欄刊出雜文〈呻吟〉。

8月18日，《小小日報》「談天」欄刊出雜文〈枇杷巷裏〉。

8月19日，《小小日報》「談天」欄刊出雜文〈捕蠅〉。

8月20日，《小小日報》「談天」欄刊出雜文〈殉情〉。

8月21日，《小小日報》「談天」欄刊出雜文〈人死不值錢〉。

8月22日，《小小日報》「談天」欄刊出雜文〈癩蛤蟆　天鵝肉〉。

8月23日，《小小日報》「談天」欄刊出雜文〈作時評〉。

8月25日，《小小日報》「談天」欄刊出雜文〈馬路〉。

8月26日，《小小日報》「談天」欄刊出雜文〈女朋友〉。

8月27日，《小小日報》「談天」欄刊出雜文〈跳樓者〉。

8月28日，《小小日報》「談天」欄刊出雜文〈蟋蟀〉。

8月29日，《小小日報》「談天」欄刊出雜文〈古城返照〉。

8月30日，《小小日報》「談天」欄刊出雜文〈惹氣〉。

8月31日，《小小日報》「談天」欄刊出雜文〈活得弗耐煩〉。

8月，《小小日報》始載武俠小說《鼇汊海盜》，署「霄羽」。

按《鼇汊海盜》連載文本基本完整，但原件圖片無報頭，難以確認日期。共連載四十二次，當結束於9月間，時《煙靄紛紛》仍在連載。

9月1日，《小小日報》「談天」欄刊出雜文〈由線訂書說起〉。

9月2日、3日，《小小日報》「談天」欄連續刊出雜文〈「娶」的問題〉（一）、（二）。

9月4日，《小小日報》「談天」欄刊出雜文〈罌粟味〉。

9月5日，《小小日報》「談天」欄刊出雜文〈懺悔〉。

9月6日，《小小日報》「談天」欄刊出雜文〈想當然耳〉。

9月7日，《小小日報》「談天」欄刊出雜文〈標奇與仿傚〉。

9月8日，《小小日報》「談天」欄刊出雜文〈復古〉。

9月9日，《小小日報》「談天」欄刊出雜文〈野草閑花〉。同日同報又載影評〈看了《故都春夢》〉，署「柳今投」。

9月10日，《小小日報》「談天」欄刊出雜文〈倡門〉。

9月12日，《小小日報》「談天」欄刊出雜文〈乞丐〉。

9月13日，《小小日報》「談天」欄刊出雜文〈心〉。

9月15日，《小小日報》「談天」欄刊出雜文〈短小　經濟〉。

9月16日，《小小日報》「談天」欄刊出雜文〈性的文章〉。

9月17日，《小小日報》「談天」欄刊出雜文〈逢場作戲〉。

9月18日，《小小日報》「談天」欄刊出雜文〈浮雲變幻〉。

9月19日，《小小日報》「談天」欄刊出雜文〈敲釵小語〉。

9月20日，《小小日報》「談天」欄刊出雜文〈俗禮〉。

9月21日，《小小日報》「談天」欄刊出雜文〈何不當初〉。

9月22日，《小小日報》「談天」欄刊出雜文〈醋的考證〉。

9月23日，《小小日報》「談天」欄刊出雜文〈勁秋〉。

9月28日，《小小日報》「談天」欄刊出雜文〈柴　米　油　鹽　醬　醋　茶〉。

9月30日，《小小日報》「談天」欄刊出雜文〈燭邊思緒〉，敘述閱讀《朝鮮義士安重根傳》的感受，抒發愛國情懷及對國內現實的憤懣。

10月1日，《小小日報》「談天」欄刊出雜文〈吵嘴〉。

10月29日，《小小日報》「哈哈鏡」欄刊出雜文〈團圞月照破碎國家〉，署「柳今」。

1931年（民國二十年，辛未）　23歲

9月18日，瀋陽發生「九一八」事變，日本加緊侵華。

是年王度廬應聘擔任《小小日報》編輯員。

5月，《小小日報》連載哀情小說《纏命絲》，署「王霄羽」。同時連載社會小說《燕燕鶯鶯》，署「香波館主」。

按《纏命絲》僅存第九〇次，內文曰「全卷終」，圖片有「31，8，1」標注，據此倒推，當始載於5月；《燕燕鶯鶯》僅存第六二次，未完，圖片注「31，8」。

1932年（民國二十一年，壬申）　24歲

是年王度廬當仍任《小小日報》編輯員。

按本年未見有關行狀、著述史料。

1933年（民國二十二年，癸酉）　25歲

王度廬於本年離《小小日報》編輯員職。

按耿小的在〈我與《小小日報》〉中說，自己進入《小小日報》任編輯是在「1933年後」，「之前似乎趙仙洲編過很短時期」，卻未提及王霄羽。若其記憶無誤，則王之去職，當在趙前。

本年未見其他行狀、著述史料。

1934年（民國二十三年，甲戌）　26歲

是年，李丹荃隨父親離北平去西安。不久王度廬亦往西安，任陝西省教育廳編審室辦事員，《民意報》編輯員。

3月10日，山西省教育廳在西安民眾教育館舉辦西安中小學講演競賽會；28、29日，又在西安民樂園舉辦西安中小學第二屆唱歌比賽，均派王霄羽任記錄。

3月20日，西安《民意報》「戲劇與電影周刊」第一期刊載〈中國戲劇生命之革新〉第一節「九一八後的中國戲劇界」，署「柳今」。文中慨歎中國劇壇進步緩慢，以至「今日遠東國際糾紛之病菌集於中國，而我國之戲劇仍然如沉睡，如枯死，反使他人——俄國——高呼曰：『怒吼吧中國！』」

3月27日，西安《民意報》「戲劇與電影周刊」第二期續載〈中國戲劇生命之革新〉第一節「九一八後的中國戲劇界」，署「柳今」。文中續論中國戲劇的覺醒與「推翻」「舊劇勢力」之關係。同期又載〈電影是應合大眾所需要　眞不容易利用它〉，署「瀟雨」。文中說：「藝術只要不是『自我』的而是『大眾』的，那就當然要被利用成爲一種工具。電影尤其要首先被人利用的，不過常常又見人們弄巧成拙，利用影片作某種宣傳，結果倒被觀眾利用，」從而形成與國外影片亦步亦趨的種種題材熱，當前已由倫理片、武俠偵探片演進爲民生片。當局於「九一八」後號召影界多製作「關於喚起民族精神的片子」固然不錯，但是「現在的民眾，只是恐慌他們的經濟窮困，生活慘澹，實在沒有充分的力量去供給到民族上。或者，現在的電影也只走到了替窮人呼籲，次一步，才是民族精神。」

4 月 3 日，西安《民意報》「戲劇與電影周刊」第三期未見，當續載〈中國戲劇生命之革新〉第二節「新舊戲劇之檢討」。

4 月 10 日，西安《民意報》「戲劇與電影周刊」第四期續載〈中國戲劇生命之革新〉第二節「新舊戲劇之檢討」，署「柳今」。文中認爲，「中國舊劇雖然不能追隨時代，但確能利用科學，亦緣近代科學文明多供給於資產階級之享樂，舊劇靡靡之音當愈適合於人之享樂。新劇□□□□，自難免在比較之下落後也。」（原件有四字無法辨認。）同期並載〈倫敦公演《彩樓配》的問題〉，署「瀟雨」。文中認爲，在倫敦由中國人與外國人用英語同演舊劇《彩樓配》，只能像《蝴蝶夫人》那樣，迎合一部分外國人的扭曲了的東方觀。「但是歪曲的東西在現代劇壇上實在沒有它的地位，何況這《彩樓配》國際性質的公演。」

按王度廬檔案中的履歷表填：「1934～1935 年西安民意報編輯員」，「1935～1936 年　陝西省教育廳　辦事員」。而從文章刊出情況判斷，任《民意報》編輯員應該在後（報館編輯不可能受廳長派遣去任競賽記錄）。否則當係同時兼任二職。西安《民意報》「戲劇與電影週刊」僅存一、二、四期，日期據影印稿說明（週刊第四期爲 4 月 10 日）向前推算而得。4 月 3 日報缺失，內容可據前後兩期推知（不排除 3 日還有其他文章刊出）。4 月 10 日以後報紙缺失，當有其他未知史料。

5 月，《陝西教育月刊》第五期發表〈陝西省教育廳舉辦西安中小學講演競賽會經過〉和〈陝西省教育廳舉辦西安中小學第二屆唱歌比賽會經過〉記錄，均署「王霄羽」。

10 月，《陝西教育旬刊》第二卷第廿九、卅、卅一期合刊「論著」欄刊出〈民間歌謠之研究〉，署「王霄羽」。全文五章：第一章「歌謠之史的發展」；第二章「歌謠的分類法」；第三章「歌謠價值的面面觀」；第四章「歌謠技巧的研究」；第五章「結論」。文中有這樣的論述：「貴族化的文學在『五四』時就已被人打倒，現在一般人都提倡大眾文學。眞正的『大眾文學』在哪裡？我們離開了歌謠，恐怕再沒有地方尋找了罷？」

1935 年（民國二十四年，乙亥）　27 歲

是年王度廬與李丹荃在西安結婚。婚後李父卒於三原，王度廬前往料理喪事，曾遭歹徒劫持。

按王度廬後來在〈《寶劍金釵》序〉中寫及「頻年饑驅遠遊，秦楚燕趙之間，跋涉殆遍，」當有所誇張，實則未離陝西。

1936年（民國二十五年，丙子） 28歲

是年12月12日發生「西安事變」。

王度廬夫婦返回北平。

10月13日，《平報》刊載〈獻於《平報》——十五週年〉，署「王霄羽」。同日，《平報》開始連載武俠小說《黃河游俠傳》，署「霄羽」。

按李丹荃在遺稿中回憶返京前後的生活說：「我有暈眩症，那時常犯，昏迷中常聽到王叨念：『謝家有女偏憐小，自嫁黔婁萬事乖……』後來我知道了這是元稹的悼亡詩。我就說：『你老叨念什麼，我又沒有死呀！』現在回想當時情景，如在目前。」

1937年（民國二十六年，丁丑） 29歲

是年7月7日，盧溝橋事變爆發。30日，北平、天津失守。12月底，青島守軍撤離。

春間，王度廬夫婦應李丹荃二伯父伊筱農召，同赴青島。

按伊筱農（1870～1946？），廣東法政及員警速成學校畢業。1912年來青島，創辦《青島白話報》（後改名《中國青島報》），在當地頗有影響。「伊」爲滿族所冠漢姓，可知李丹荃家族亦有滿族血統。

4月17日，《平報》連載《黃河游俠傳》結束。

4月18日，《平報》開始連載武俠小說《燕趙悲歌傳》，署「霄羽」。

4月末，王度廬回北平料理「文債」，於端午節後返青島。不久，弟探驪與北平進步青年同來青島，王度廬夫婦送他們取道上海奔赴陝北參加革命。

按李丹荃在遺稿中說：「弟弟到了青島，我們大家分析了當時的形勢，都贊成他去內地找出路。他們兄弟一向感情很好，分手時不無留戀。最後王度廬慨然說：『你就放心走吧，我們以後會團聚的，母親的生活，家裏的一切，有我呢。』他把自己的懷錶給了弟弟。」

7月9日，《平報》連載《燕趙悲歌傳》結束。

7月10日，《平報》開始連載武俠小說《八俠奪珠記》，署「霄羽」。

按《八俠奪珠記》殆未載完。

1938年（民國二十七年，戊寅） 30歲

1月10日，日寇全面佔領青島。

伊筱農博平路宅第被日軍作爲「敵產」沒收，王度廬夫婦與伯父同往寧波路 4 號租屋居住。生計陷入極度困難之時，王度廬偶遇在《青島新民報》任副刊編輯的北平熟人關松海，應約向該報投稿。

5月30日、31日，《青島新民報》發佈〈本報增刊武俠小說預告〉，稱「已徵得名小說家王度廬先生之精心傑作長篇武俠小說《河嶽游俠傳》」，即將刊出。是爲「度廬」筆名首次見報。

按《青島新民報》和後來的《青島大新民報》在刊出王度廬作品之前都先發佈預告，下不一一錄入。

青島寧波路 4 號之王度廬故居

6月1日，《青島新民報》開始連載武俠小說《河嶽游俠傳》，署「王度廬」。

6月2日，《青島新民報》刊載散文〈海濱憶寫〉，署「度廬」。

11月15日，《河嶽游俠傳》連載結束。共20回，未見單行本。

11 月 16 日，《青島新民報》開始連載武俠悲情小說《寶劍金釵記》，署「王度廬」。配圖：劉鏡海。

按劉鏡海，時在海泊路 23 號開設「鏡海美術社」，除爲王氏作品配插圖外，在生活上與王度廬夫婦也經常互相照顧。

1939 年（民國二十八年，己卯） 31 歲

是年春，王度廬長子生於青島。

4 月 24 日，《青島新民報》開始連載社會言情小說《落絮飄香》，署「霄羽」。配圖：許清（劉鏡海筆名）。

7 月 29 日，《寶劍金釵記》在《青島新民報》載畢。

7 月 30 日，《青島新民報》開始連載武俠悲情小說《劍氣珠光錄》。

是年，青島新民報社印行《寶劍金釵記》單行本，前有王度廬自序，謂「頻年饑驅遠遊，秦楚燕趙之間跋涉殆遍，屢經坎坷，備嘗世味，益感人間俠士之不可無。兼以情場愛跡，所見亦多，大都財色相欺，優柔自誤。因是，又擬以任俠與愛情相併言之，庶使英雄肝膽亦有旖旎之思，兒女癡情不盡嬌柔之態。此《寶劍金釵》之所由作也。」

按《寶劍金釵記》自序僅見於青島新民報版單行本，也是至今所見王度廬爲自己著作所寫申述創作意圖的唯一自序（其他著作連載時雖或亦加引言，均係説明性文字，出版單行本時皆被刪除）。

1940 年（民國二十九年，庚辰） 32 歲

1 月 19 日，《青島新民報》副刊「新聲」刊出「王霄羽先生及其公子合照」。

「落絮飄香」及新著「古城新月」作者王霄羽先生及其公子合照。

2月2日，《落絮飄香》在《青島新民報》載畢。

2月3日，《青島新民報》開始連載社會言情小說《古城新月》，署「霄羽」，配圖：許清。

2月22日，《青島新民報》刊載〈《落絮飄香》讀後〉，作者傅琍琳係關松海之夫人。文中介紹霄羽「曩在北京主編《小小日報》時，以著偵探小說知名」，並且透露「霄羽」、「度廬」實為一人。

4月5日，《劍氣珠光錄》載畢，隨後亦由報社印行單行本。

4月7日，《青島新民報》開始連載《舞鶴鳴鸞記》，署「王度廬」，配圖：劉鏡海。此日所載為該書「序言」，出單行本時被刪卻，全文如下：「內家武當派之開山祖張三豐，本宋時武當山道士，曾以單身殺敵百餘，因之威名大振。武當派講的是強筋骨、運氣功、靜以制動、犯則立仆，比少林的打法為毒狠，所以有人說『學得內家一二，即足以勝少林。』此派自張三豐累傳至王咸來，咸來弟子黃百家，又將秘傳歌訣，加以注解，所以內家拳便漸漸學術化了。可是後因日久年深，歌訣雖在，眞工夫反不得傳。自清初至近代，武當派中的俠士實寥寥無幾，有的，只是甘鳳池、鷹爪王、江南鶴等。甘鳳池係以劍術稱，鷹爪王專長於點穴，惟有江南鶴，其拳劍及點穴不但高出於甘、王二人之上，且晚年行蹤極為詭異，簡直有如劍仙，在《寶劍金釵記》與《劍氣珠光錄》二書中，這位老俠只是個飄渺的人物，如神龍一般。而本書卻是要以此人為主，詳述他一生的事蹟。又本書除江南鶴之外，尚有李慕白之父李鳳傑，及其師紀廣傑。所以若論起時代，則本書所述之事，當在李慕白出世之前數十年了。」

8月16日，南京《京報》開始連載《風雨雙龍劍》，署「王度廬」。配圖：劉鏡海。

按南京《京報》為汪偽時期出版的四開小報，原係三日刊，1940年8月16日改為日報，終刊於1945年8月16日。該報約得王度廬文稿，當亦出諸關松海之紹介。

1941年（民國三十年，辛巳） 33歲

是年王度廬任青島聖功女中教員。

3月15日，《舞鶴鳴鸞記》在《青島新民報》載畢，隨後亦由報社印行單行本。

3月16日，《青島新民報》開始連載《臥虎藏龍傳》，配圖：劉鏡海。

4月10日，《古城新月》在《青島新民報》載畢。

4月11日，《青島新民報》開始連載《海上虹霞》，署「霄羽」。配圖：許清。

5月9日，《風雨雙龍劍》在南京《京報》載畢，共17回。隨後即由報社印行單行本。

5月10日，南京《京報》開始連載《彩鳳銀蛇傳》，署「度廬」。配圖：劉鏡海。

8月27日，《海上虹霞》在《青島新民報》載畢。

8月28日，《青島新民報》開始連載社會小說《虞美人》，署「霄羽」。配圖：許清。

按《風雨雙龍劍》連載本與後來的上海育才書局重印本相比，在回目、內文上都略有差別，後者當經作者修訂。

1942年（民國三十一年，壬午） 34歲

是年王度廬曾任青島市立女中代課教員一個多月。

按介紹王度廬去市立女中代課的是潘思祖，字穎舒，河北邢臺人，1930年畢業於河北大學國文系，時在青島市立女中任教。李丹荃在回憶手稿中說：「潘先生常來我家，一坐就是半天。他善談吐，知道的事情多，打開話匣子什麼都說」。「潘先生是王度廬那時唯一可以談得來的人，只有和潘先生在一起，王度廬才肯毫無顧忌地說話。在有些言情小說裏，故事情節也是取自潘先生的談話資料。」王子久則在〈王度廬和他的小說〉（載於1988年1月9日《青島日報》）中說：「下課後學生常常把他包圍起來」，要求他別把《落絮飄香》、《古城新月》裏女主人公的下場寫得太慘。

青島王鐸先生之母當年爲市立女中教員，他聽母親說，王度廬擔任的是培訓社會人員的課程，上課地點在市立女中附小（即位於朝城路5號的今朝城路小學）。

3月1日，《彩鳳銀蛇傳》在南京《京報》載畢，共13回。

3月2日，南京《京報》開始連載《纖纖劍》，署「王度廬」。配圖：劉鏡海。

3月3日，南京《京報》刊載讀者傅佑民來信〈關於《彩鳳銀蛇傳》魯彩娥之死〉，對《彩鳳銀蛇傳》女主人公因傷重死於途中而未見到自幼失散之生

母的結局提出異議。該報副刊編輯在「編者謹按」中說：「王先生寫魯彩娥之死，才正是脫去中國武俠小說的舊套……給讀者一種『此恨綿綿無絕期』的尾巴……這才是全書的力量」。「讀者越是這樣著急，氣憤，越是著者的成功，越見王先生文筆感人之深。」

3 月 7 日，《青島新民報》開始連載《鐵騎銀瓶傳》，署「王度廬」。配圖：劉鏡海。

3 月 6 日，《臥虎藏龍傳》在《青島新民報》載畢。同日，南京《京報》又載讀者陳中來信，再次對《彩鳳銀蛇傳》寫魯海娥之死提出商榷，以為固然「不必『大團圓』或帶『回令』」，而「『見娘』似為必要」。信中還提及「某日路過平江府街，聞一擦皮鞋者與一少年，亦在津津然預測魯海娥之未來」，可見讀者關心之一斑。

3 月 17 日，南京《京報》再載讀者王德孚來信，認為雖然魯海娥之死寫得好，但是還應加上一些交代後事、勸導愛人走正路的臨終遺言。

3 月 24 日，南京《京報》刊出王度廬〈關於魯海娥之死〉一文，回答讀者批評，說明「在寫該書的第一回之前，我就預備著末了是一幕悲劇。」「向來『大團圓』的玩藝兒總沒有『缺陷美』令人留戀，而且人生本來是一杯苦酒，哪裡來的那麼些『完美』的事情？『福慧雙修』的女子本來就很少，尤其是歷史或小說裏的『美人』。古人云：『自古美人如名將，不許人間見白頭。』西施為千古美人，原因是她後來沒有下落；林黛玉是讀過了《紅樓夢》的人一定惋惜的，原因也是她早死。近代的賽金花就不夠『絕代佳人』的條件，她是不該後來又以老旦的扮相兒再登臺。『好花不常開，好景不常在』，美與缺陷原是一個東西。本此種種理由，於是我更得叫我們的『粉鱗小蛟龍』死了。」「因為這樣的女人決不可叫她去與人『花好月圓』，度那庸俗的日子；尤其不能叫她跟十三妹一樣去二妻一夫的給男子開心。」

10 月 31 日，《纖纖劍》在南京《京報》載畢，共 10 回。

1943 年（民國三十二年，癸未） 35 歲

是年《青島新民報》與《大青島報》合併，更名《青島大新民報》。

是年王度廬曾任《治平月刊》編輯員一個多月。

1 月 23 日，南京《京報》開始連載《舞劍飛花錄》，署「王度廬」。配圖：劉鏡海。

10 月 5 日，《青島大新民報》刊出《寒梅曲》廣告，其中說：「名小說家王霄羽先生自爲本報撰《落絮飄香》、《古城新月》、《海上虹霞》、《虞美人》等數篇之後，篇篇膾炙人口，遠近交譽，百萬讀者每日爭先競讀，投來讚譽之函件無數。蓋王君文學湛深，復精研心理學，對於社會人情，觀察最深；國內足跡又廣，生活經驗極爲豐富；並以其妙筆，參合新舊寫法，清俊流暢，細膩轉宛；描寫之人物，皆躍躍如生，令人留下深深印象。其所選之故事，又皆可悲可喜，新穎而近情合理，章法結構，亦極嚴謹，無懈可擊。即以現刊之《虞美人》言，連刊二年餘，若換他人之著作，恐早已令人生倦，然王君之文，日日有新的描寫，故事有新的發展變幻，令人如食橄欖，越嚼其味越長；如觀大海，久望而其波瀾無盡。是以每日每人爭相閱讀，並常有向本社函電相詢者。此均係事實，凡讀者皆能信而不疑者也。故雖飽學之士，極富人生閱歷之人，對王君之著作亦莫不稱譽，謂之爲當代第一流之小說家。今《虞美人》即將終篇，新作已由王君開始動筆，名曰《寒梅曲》。係由民國初年北京極繁華之時寫起，先述女伶之生活，但與一般的俗流寫法迥異；次敘一好學上進的女子，於艱苦環境之中不泯其志氣，不失其天眞。漸展爲一段戀愛，男主角爲一音樂家，於是《寒梅曲》遂寫入本題矣。其後則此女主角遭境改變，如寒梅之遇風雪，花片紛落，然不失其皓潔。中間穿插許多新奇而合理之故事，出現許多面貌不同、心情各異之人物，但人物雖多而不雜亂，每個人又都是在前幾篇中未見過的，可也就許是讀者眼前常見的。寫至中段，則情節極爲緊張，能不下淚、不感動者恐少；斯時又寫一潔身自愛、有爲之少年人，排萬難立其身，頗富倫理知識，且有教育意味。至篇末結束之時，寫得尤爲高超，讀者到時自然讚佩。並且此書與前幾篇不同，王君之作風梢加改變，簡潔流麗，不作繁冗之藻飾，不用生澀的字句，更以悲哀與滑稽相襯而寫，非但令人迴腸盪氣，有時亦令人噴飯。總之，王君之作品早已成熟，已至爐火純青之候，已有揮灑自如之才力，此《寒梅曲》尤最，不待多加介紹也。」

10 月 6 日，《虞美人》在《青島大新民報》載畢。

10 月 7 日，《青島大新民報》開始連載《寒梅曲》，署「霄羽」。配圖：許清。

按因存報缺失，《寒梅曲》連載結束時間未詳。

1944年（民國三十三年，甲申）　36歲

是年《鐵騎銀瓶傳》在《青島大新民報》載畢（具體月、日未詳）。

1月18日，《舞劍飛花錄》在南京《京報》載畢，共19章。

1月19日，南京《京報》開始連載《大漠雙鴛譜》，標「俠情小說」，署「王度廬」。配圖：鏡海。

7月3日《大漠雙鴛譜》載畢，共6章。

7月4日，南京《京報》開始連載《春明小俠》，標「俠情小說」，署「王度廬」。

按《舞劍飛花錄》後由勵力出版社印行單行本，改題《洛陽豪客》，被壓縮爲16章。連載本之章題與單行本完全不同，文字出入也較大。

又，本年上海《戲世界》報曾刊出武俠小說《鐵劍紅綃記》，署「王度廬」，現僅存4030、4031、4032、4033、4034、4035、4036、4038、4039、4040十期（即十段連載文本，分別屬於第一、第二章，時間爲3月20日至30日）。待辨眞僞。

1945年（民國三十四年，乙酉）　37歲

8月15日，日本正式宣佈投降。10月25日，青島舉行日軍受降典禮。

是年夏秋之際，《青島大新民報》停刊。《青島時報》等老報復刊，《民治報》、《民眾日報》等新報創刊。

2月18日，王度廬之女生於青島。

2月25日，《春明小俠》載至第20章。

5月1日，南京《京報》連載《瓊樓雙劍記》第二章，署「王度廬」。同日，青島《民民民》月刊連載《錦繡豪雄傳》，署「王度廬」。

按《春明小俠》於本年2月25日載至第20章時改標「武俠小說」，以下報紙缺失，連載結束時間當在4月末。《瓊樓雙劍記》亦因報紙缺失而不知始載時間，至5月27日，所載內容仍爲第二章，以後殆未續載。《錦繡豪雄傳》亦未載完。

1946年（民國三十五年，丙戌）　38歲

是年王度廬爲維持生計，曾任賽馬場辦事員，於周日售馬票。

12月2日，《青島時報》開始連載王度廬所著武俠小說《紫鳳鏢》，署名「魯雲」。

1947年（民國三十六年，丁亥） 39歲

5月1日，青島《民治報》開始連載王度廬所撰武俠小說《太平天國情俠傳》，署「魯雲」。

5月19日，青島《大中報》開始連載王度廬所撰武俠小說《清末俠客傳》，署「魯雲」。

6月11日，《青島時報》開始連載王度廬所撰社會言情小說《晚香玉》，署「綠蕪」。

7月18日，《紫鳳鏢》在《青島時報》載畢。

7月19日，《青島時報》開始連載王度廬所撰武俠小說《雍正與年羹堯》，署「魯雲」。

是年王度廬收到弟弟來信，得知中共即將獲得全面勝利。

按《太平天國情俠傳》僅見一節，未知是否載畢。《雍正與年羹堯》、《清末俠客傳》當於次年載畢。

李丹荃在回憶文中說：「47年，我們忽然收到分離多年的弟弟的信，那信是經過幾個人輾轉捎來的。信中大意是：我在外買賣很好，我們不久即可團聚，望你們放心。信雖很短，但卻是莫大喜訊。信中眞實的含義，我們是明白的，知道多年的戰爭是將結束了。只是這時他們在北平的母親已故去，沒有來得及知道，是終身遺憾。」

1948年（民國三十七年，戊子） 40歲

是年王度廬曾任青島攤商工會文牘。

1月31日，《晚香玉》在《青島時報》載畢。

2月1日，《青島時報》開始連載《粉墨嬋娟》，署「綠蕪」。

4月29日，《青島時報》開始連載武俠小說《寶刀飛》，署「魯雲」。

6月，上海育才書局出版增訂本《風雨雙龍劍》。

7月10日，《粉墨嬋娟》在《青島時報》載畢。

7月15日，《青島時報》開始連載俠情小說《燕市俠伶》，署「綠蕪」。

9月17日，《寶刀飛》在《青島時報》載畢。

9月20日，《青島公報》開始連載武俠小說《金剛玉寶劍》，署「王度廬」。

按《金剛玉寶劍》之「玉」字當係「王」字之誤，參見丁福保主編之《佛學大辭典》：【金剛王寶劍】（譬喻）臨濟四喝之一，謂臨濟有時一喝，爲切斷

一切情解葛藤之利劍也。《臨濟錄》曰：「師問僧：有時一喝如金剛王寶劍，有時一喝如踞地金毛獅子，有時一喝如探竿影草，有時一喝不作一喝用，汝作麼生會？僧擬議，師便喝。」《人天眼目》曰：「金剛王寶劍者，一刀揮斷一切情解。」又：【金剛】（術語）Vajra 梵語曰縛羅。……譯言金剛，金中之精者，世所言之金剛石是也。……又（天名）持金剛杵之力士，謂之金剛。……【金剛王】（雜語）金剛中之最勝者，猶言牛中之最勝者爲牛王也。……

9月24日，青島《軍民晚報》開始連載武俠小說《龍虎鐵連環》，署「王度廬」。

10月，上海勵力出版社將《清末俠客傳》分爲兩冊印行，分別改題《繡帶銀鏢》、《冷劍淒芳》。

11月，上海勵力出版社出版《寶刀飛》。

同年，上海勵力出版社還出版或再版了王度廬的以下作品：《鶴驚崑崙》（即《舞鶴鳴鸞記》）；《寶劍金釵》（即《寶劍金釵記》）；《劍氣珠光》（即《劍氣珠光錄》）；《臥虎藏龍》（即《臥虎藏龍傳》）；《鐵騎銀瓶》（即《鐵騎銀瓶傳》）；《紫電青霜》；《新血滴子》（即《雍正與年羹堯》）；《燕市俠伶》；《落絮飄香》、《瓊樓春情》、《朝露相思》、《翠陌歸人》（此爲《落絮飄香》連載本的四個分冊）；《暴雨驚鴛》（此爲《寒梅曲》連載本的第一分冊，以下分冊未見）；《綺市芳葩》、《寒波玉蕊》（此爲《晚香玉》連載本的兩個分冊）；《粉墨嬋娟》、《霞夢離魂》（此爲《粉墨嬋娟》連載本的兩個分冊）。

按《燕市俠伶》之後集爲《梅花香手帕》。後集未見連載。勵力版《燕市俠伶》亦未見，該版當不包括後集。

1949年（己丑）　41歲

是年，王度廬之弟譚立（即王探驪）出任中共大連市委副書記。

1月1日，青島《民治報》開始連載《玉佩金刀記》，署「王度廬」。未完。

2月，《金剛玉寶劍》改由《聯青晚報》連載。

4月，上海勵力出版社出版《金剛玉寶劍》，共三冊。

6月29日，王度廬幼子生於青島。

是年秋，王度廬夫婦攜長子、女兒同由青島遷往大連（幼子暫留青島）。王度廬任旅大行政公署教育廳編審委員。李丹荃先在市教育局初教科任科員，後任教於英華坊小學和大同坊小學。

本年，重慶千秋書局出版《紫鳳鏢》。上海勵力出版社還出版了王度廬的下列作品：《朱門綺夢》、《小巷嬌梅》、《碧海狂濤》、《古城新月》（此爲《古城新月》連載本的四個分冊）；《海上虹霞》、《靈魂之鎖》（此爲《海上虹霞》連載本的兩個分冊）；《琴島佳人》、《少女飄零》、《歌舞芳鄰》（此爲《虞美人》連載本的前四個分冊，以下分冊未見）；《洛陽豪客》（即《舞劍飛花錄》）；《風塵四傑》、《香山俠女》；《春秋戟》；《龍虎鐵連環》。

1949年王度廬全家攝於青島

1950年（庚寅）　42歲

王度廬在旅大行政公署教育廳任編審委員。

1951年（辛卯）　43歲

王度廬調入旅大師範專科學校任教員。

1952年（壬辰）　44歲

王度廬在旅大師範專科學校任教員。

1953年（癸巳）　45歲

是年王度廬調入瀋陽東北實驗學校（現遼寧省實驗中學）任語文教員，李丹荃任該校舍務處職員。

1954年（甲午）　46歲

王度廬在瀋陽東北實驗學校任教。

1955年（乙未）　47歲

5月，《人民日報》公佈《關於胡風反革命集團的材料》。

在清查「胡風分子」時，王度廬曾受無端懷疑。

1956年（丙申）　48歲

1月13日，文化部發出〈關於續發處理反動、淫穢、荒誕圖書參考目錄的通知(56)(文陳出密字第9號)〉，其第二條稱:「有一些人專門編寫反動、淫穢、荒誕的圖書，如徐訏、無名氏、仇章專門編寫政治上反動的、描寫特務間諜的小說，張競生、王小逸（捉刀人）、藍白黑、笑生、待燕樓主、冷如雁、田舍郎、桑旦華專門編寫含有反動政治內容或淫穢、色情成分的『言情小說』，朱貞木、鄭證因、李壽民（還珠樓主）、王度廬、宮白羽、徐春羽專門編寫含有反動政治內容或淫穢、色情成分的神怪、荒誕的『武俠小說』。爲了肅清反動、淫穢、荒誕的圖書，請各省市文化局在審讀圖書時，對於徐訏……徐春羽等二十一人編寫的圖書特別加以注意。但決定是否處理和如何處理，仍應按書籍內容而定。」(見中國出版科學研究所、中央檔案館編《中華人民共和國出版史料》第8輯〔1956年〕，中國書籍出版社2002年10月版。)

是年，王度廬加入中國民主促進會，並任該會瀋陽市第五屆市委委員；又曾被選爲皇姑區政協委員和瀋陽市第六屆人民代表大會代表。

按以上政治身份據遼寧省實驗中學所存退休人員登記表及李丹荃回憶文。加入「民進」當在本年，其他事項或在其後，因無法查實年份，姑均暫繫於本年。

1957年（丁酉）　49歲

「反右」運動開始。

實驗中學也掀起「反右」運動，王度廬沒有受到重大衝擊。

1958年（戊戌）～1965年（乙巳） 50歲～57歲

王度廬繼續任教於遼寧省實驗中學。

王度廬1958年攝於瀋陽

1966年（丙午） 58歲

「無產階級文化大革命」爆發。

王度廬受到衝擊，被貶入「有問題的人學習班」，接受「清隊」審查。

1967年（丁未） 59歲

王度廬仍被「審查」，但實際上處於「逍遙」狀態。

1968年（戊申） 60歲

王度廬仍處於「逍遙」狀態。

1969年（己酉） 61歲

王度廬當在是年被結束「審查」，獲得「解放」，即被宣佈沒有查出問題，恢復原來的政治身份。

按依照「文革」程序，「有問題的人」被「解放」之前，仍需召開一次表示「結案」的批判會。李丹荃在回憶文中寫道：「……開了一個小型批判會。也不知從什麼地方找來一本《小巷嬌梅》，批判者念一段，批判一番……當批判者念到生動有趣處，聽者笑了，王度廬也忍不住笑了，當然要招來申斥：『你還笑？你要端正態度！』批判者們又從我們家拿走了我們的一本相冊，裏面有兩張全家照片。一張中有我抱著 49 年初生的幼子；另一張是我穿著在旅大行政公署發的女幹部服裝，王度盧穿著他兄弟給他的呢子幹部服裝。批判者舉著照片說：『你們穿得這麼好，可見你們過去生活多麼優越！你愛人還穿著裙子！』……對他的批判只是一種虛張聲勢的形式。那些老師並未認眞對待。」

1970 年（庚戌）　62 歲

是年春，王度廬以退休人員身份，隨李丹荃「下放」到遼寧省昌圖縣泉頭公社大葦子大隊，不久轉到泉頭大隊。

按王度廬幼子在一封信裏這樣回憶父母被「下放」的情景：

「……我在農村『接受再教育』，得知後立即趕回家。前往農村時，年邁的父母坐在卡車頂上，一路顛簸。爸爸當時身體就很不好，加上這一折騰，半路解手時，站了半天也解不出來。媽媽暈車，走一路吐一路。那情景我現在回憶起來都止不住要流淚。」

其女則曾在一封信裏回憶到昌圖看望父母的情景：

「聽說他們下鄉了，我很急，不久就請假找去了。他們一輩子住在城裏，父親更是年老體弱，手無縛雞之力，忽然到了農村，借住在人家的半間小屋裏，怎麼生活？

「我還沒走到家，就遠遠地看見父親坐在一棵繁茂的大樹下（很像一幅中國山水畫），我的心頓時平靜下來了。他永遠是那麼心平氣和，不知是怎麼修煉的。」

「我女兒小時候跟我父母在農村住過。有一次鬧覺（困了，不睡，哭鬧），我很煩，可我父親說：『世界多美好啊，她是捨不得去睡覺啊。』

「有時，父親用手比成一個取景框，東照一下，西照一下，對我的小孩說：『快來看，這邊是一個景，那邊也是一個景。』（父親原本喜歡攝影，在小說《海上虹霞》中曾寫到購買『萊卡』照相機，就頗內行。）

「他還常讓母親下地幹活回來時帶些野花野草。那時父親走路已不太方便了。」

1971 年（辛亥）　63 歲

王度廬在昌圖。

1972年（壬子） 64歲

王度廬在昌圖。其幼子考入遷至鐵嶺的瀋陽農學院農學系。

1973年（癸丑） 65歲

王度廬在昌圖。

1974年（甲寅） 66歲

1月14日，長子突然亡故，王度廬夫婦不勝哀痛。

同年，幼子畢業於遷至鐵嶺的瀋陽農學院農學系，留校任教。李丹荃於下放人員「落實政策」時也被安排退休。

1975年（乙卯） 67歲

王度廬夫婦遷往鐵嶺與幼子同住。

1976年（丙辰） 68歲

王度廬在鐵嶺。

1977年（丁巳） 69歲

2月12日，王度廬因病卒於鐵嶺。

按李丹荃在回憶手稿中這樣記述丈夫逝世的情景：「兒子工作的學校已放了寒假，這天正是舊曆年末。晚上兒子去辦公室值夜，女兒遠在幾千里外工作。我們住在一間很小的宿舍裏，暖氣不熱，電燈不亮，風吹得屋外樹枝簌簌地響，偶然能聽得到遠處一聲聲犬吠。他病已重危，該説的話早已説完，他靜靜地合上雙眼去了。我不願驚動他，也不想叫別人，坐在床前陪伴著他，送他安靜地走完了人生最後的旅程，時年六十八（周）歲……我遵從他的遺囑，沒有通知很多人，沒有舉行一切世俗的儀式，沒有哀樂，沒有紙花，悄然地由他的兒子和幾位熱情的青年同事用擔架（把他）抬到離我家很近的火葬場。」

2015-10

承王芹女士、王宏先生提供《小小日報》等大量圖片，張元卿博士協助查閱南京《京報》並發現、提供有關陝西教育月刊、旬刊資料，特此致謝！

《倚天屠龍記》與《鶴驚崑崙》之比較——兼及「現代文學史觀」

王度廬的《鶴驚崑崙》〔註 1〕和金庸的《倚天屠龍記》，敘述的都是身負血仇的少年，經歷復仇和消解復仇的過程，從而成長爲一代大俠的故事。《倚天屠龍記》的內涵當然更加深刻、豐厚，成就當然更高，但是通過二者的比較，還是能夠獲得若干歷史認識的。

「人之子」與「魔之子」

「人之子」一語出自《聖經》，其借用義爲「凡人之子」〔註 2〕。

《鶴驚崑崙》的主人公江小鶴就是凡人之子：他父親江志升是陝南農村裏的一個小土地出租者，至於他的母親，作者連姓名也不曾交代。江小鶴從小便是喜歡舞槍弄棒、尋釁滋事的「野孩子」。

在某種程度上，江小鶴或亦可以視爲「魔之子」或帶有「魔之子」的基因，因爲江志升是犯有「淫戒」而被師父鮑崑崙指派其他徒弟處死的。儘管罪不當死，江志升至少已非純粹的「好人」，江小鶴也就有了「遺傳」的「污點」。然而，作品對此絕不「計較」，在其「前期敘述」中（請注意，「敘述者」不等於作者），江小鶴對鮑崑崙的復仇被認爲是天經地義的。在復仇－反復仇

〔註 1〕《鶴驚崑崙》，原題《舞鶴鳴鸞記》，最初連載於 1940 年 4 月 7 日至 1941 年 3 月 15 日《青島新民報》。它是王度廬「鶴－鐵系列」五部曲的第一部，但是寫作、發表時間卻在《寶劍金釵》（原題《寶劍金釵記》）和《劍氣珠光》（原題《劍氣珠光錄》）之後。

〔註 2〕參見《魯迅大辭典》，第 25 頁「人之子」條，人民文學出版社，2005，北京。按這條釋文爲筆者所撰。

的鬥爭中，這位主人公只有一重身份——他始終是「復仇主體」。

但是，江小鶴與鮑崑崙的孫女阿鸞又是青梅竹馬的情侶。武功不弱的鮑阿鸞不能不保護祖父，抵抗江小鶴的復仇行動。於是，江小鶴深深地陷入了愛恨情仇的兩極對立之中。

《倚天屠龍記》裏的張無忌則首先是「魔之子」：他的母親、義父、外祖父、舅父都是「魔教」裏的首腦人物，他自己還接任了「魔教」教主。當然，張無忌也是「人之子」：其父張翠山且非「凡人」，而是屬於名門正派、譽滿江湖的「武當七俠」之一；不過，由於愛上並娶了「魔女」殷素素，他也被視爲沾有「魔氣」，乃至最終夫妻雙雙因此而壯烈自刎。

張無忌並未繼承什麼「魔性」，但卻繼承了一筆又一筆的「魔產」，其中包括義父謝遜所欠三十多個門派的人命和仇恨、因明教其他成員濫殺無辜而欠下的人命和仇恨、母親和舅父傷害武當三俠俞岱岩而招致的怨恨，等等。這些「魔產」加上因他擁有謝遜和屠龍刀的訊息，導致九歲的張無忌一上大陸便成眾矢之的，他的主要身份既是間接的「復仇對象」，同時又是直接的「獵物」。這種處境，後來又因趙敏及其所代表的外族官方勢力的介入而更趨複雜。

張無忌的另一重身份也是「復仇主體」。他承擔著爲父母、爲義父，以及爲自己親身所受的迫害復仇的義務。所以，他的身份和處境都比江小鶴複雜得多，他肩上所負的恩仇承擔和使命也比江小鶴沉重、複雜、莊嚴得多。

江小鶴的復仇行爲表現爲主動、執拗。當他從九華老人那裏學得絕頂武功（王度廬筆下的絕頂武功僅限於「點穴」），歸來追殺鮑崑崙時，後者已是耄耋老者。但是，江小鶴依然對戀人的這位祖父緊追不捨；儘管對鮑阿鸞愛得很深、有所退讓，但他嗜血復仇的意志毫不動搖。

然而，隨著作者（此時作者與「敘述者」合二爲一）展示鮑崑崙的狼狽處境和他雖仍顢頇、剛愎卻已有所悔改的心態，江小鶴的復仇意志也出現了動搖；鮑阿鸞對他表明一貫未變的愛情之後引劍自殺，更使他的執拗徹底崩潰。「敘述者」似乎先肯定江小鶴的復仇意志及其行動的「合理性」，繼而在展開人物內心愛恨情仇交戰的過程中否定了這種「合理性」：愛情失敗了，愛情又勝利了。

中國傳統的復仇敘事「缺少對復仇血腥野蠻性的反思、非議和遏止因素」〔註3〕，王度廬則在描寫復仇主體精神意志的磨練過程中，深刻地揭示主人公

〔註 3〕 王立：《武俠文學母題與意象研究》，第 162 頁，遼寧師範大學出版社，2005，大連。

精神上的苦痛、折磨和困惑，從而對血親復仇這一野蠻習俗做出了否定。這無疑顯示著作者思想中的「新」，無疑顯示著對傳統武俠作品復仇敘事的超越。

江小鶴亦屬武當派〔註 4〕，作品結尾還寫到他獨闖武當，大戰「七大劍仙」，但這條線索之表現乏善可陳。這是因爲王度廬對武術門派及其生存狀態知之甚少，他的興趣和特長亦不在此。

張無忌的表現與江小鶴恰恰相反，他的行動特徵是「『被復仇』的主動」。雖然大多數情況之下並非「直接復仇對象」，他卻不僅把屬於「魔產」的所有罪責全部包攬過來，挺身爲之負責，而且始終堅持用自己的行動去化解江湖仇怨。與之有關的「四大戰役」以光明頂之戰爲首，此役就是張無忌以「被復仇者」的身份，代替明教向江湖六大「名門正派」做「交代」，從而初步化解仇怨、挽救明教的開始。繼之便是捍衛武當之役，它在主觀上仍是張無忌以「被復仇者」的身份關懷對方的行爲（何況對方中的武當派又是他的「父親之『幫』」）。不過，由於趙敏施行嫁禍之計而導致此役性質複雜化，張無忌的角色又由「被復仇者」轉化爲「復仇者」，並且初步達成爲父母、爲「俞三師伯」復仇的義務。萬安寺之戰，性質與前一戰役相近。最後的「少林大戰」，則是他以同一身份（除江湖各派對明教和謝遜的仇怨之外，此時他又加攬了「反正」之後的趙敏欠下的仇怨）所作最精彩、最慘酷的搏擊。此役以謝遜的復仇、謝罪和張無忌團結各派共同抗擊元朝官兵而告結。

張無忌的性格，主要是藉由他的「被復仇」之主動行爲體現出來的；《倚天屠龍記》的主題，也主要是藉此而體現出來的。

金庸在《倚天屠龍記》的〈後記〉中說：張無忌的「性格比較複雜，也是比較軟弱。」他一生「總是受到別人的影響，被環境所支配，無法解脫束縛。」〔註 5〕這條「鑒定」稍嫌籠統，具體問題需作具體分析。

說張無忌「軟弱」，只適用於他對相關人、事尚未認辨清晰之際。

張無忌生性仁厚（這與童年環境及其所受教育分不開），即使一再遭受欺騙、傷害，也料想不到人會變得多麼壞。捲入明教與名門正派以及其他江湖門派的鬥爭之初，「他心中所想到的雙方」，便是「已去世的父母」，所以他確立了並始終堅持消弭分歧、化解仇讎的行動方針。在這方面，有兩個人的事

〔註 4〕《舞鶴鳴鸞記》連載的第一天，刊登的是篇《序言》，出版單行本時已被刪除。其中有云：「自清初至近代，武當派中的俠士實寥寥無幾，有的，只是甘鳳池、鷹爪王、江南鶴等。」當然屬於杜撰之說。

〔註 5〕金庸：《倚天屠龍記》，第 1593 頁，三聯書店，1994，北京。

蹟對他影響最大、最深：一個是父親，張翠山的自刎使他認識了「承擔」的意義和價值；另一個是謝遜所陳述的空見大師，這位高僧的自我犧牲，使他懂得了「以武止戈」的壯烈和崇高。空見大師作爲一位決然無疑的強者，爲了消弭冤冤相報，爲了制止濫殺，竟然主動以「弱」示人，乃至主動「求敗」、「求死」！武學宗師而如此用武，不僅極其罕見，而且充溢著大慈悲的精神！這位高僧尤其成爲張無忌用武的終身楷模。

作品裏的諸多情節證明：當張無忌一旦認清善惡、是非之後，他總是會在面對「極限情境」時挺身而出，既不軟弱，也不猶豫。諸多情節並且證明：每當別人的生命受到威脅時，他的出手相助（包括運用精妙醫術）經常是「敵我不分」的，是爲「以德報怨」，更是對生命價值的尊重和珍視。他曾對趙敏說：「我只覺得要恨一個人眞難，我生平最恨的是那個混元霹靂手成昆，可是他現下死了（按其實未死），我又有些可憐他，似乎倒盼他別死似的。」〔註 6〕——生命對於一個罪大惡極、死有餘辜的惡人來說，其價值也一點都不比正常人低（這裡說的是生命哲學問題而不是法學問題，即使法學，廢除死刑的立法及其討論也已證明體認這一點的崇高意義）。張無忌體認到了這一點，標誌著他的精神昇華，竊以爲「俠之大者」，無過於此！

謝遜說：無忌對於「是非善惡之際」不會「太過固執」，「胸襟寬廣」，「圓通隨和」。看來這條「鑒定」比較實事求是。謝遜的話當然也是金庸的話。一個人的缺點往往又是他的優點，這在張無忌身上大概體現得尤其突出。

金庸說：《倚天屠龍記》「比較集中地表現」了「寬容」的精神。〔註 7〕當溫瑞安因「神州詩社」的內部矛盾而苦惱時，金庸又曾寫信給他說：「『一夜夫妻百夜恩，百夜夫妻海樣深』，朋友之道亦當如是觀。不要認爲他們是『背叛』，那是太重的字眼。人生聚散匆匆，不必過份執著，千萬不要把你的朋友當作敵人，那麼你心裏不會難過，朋友也不會難過。」〔註 8〕所以，「寬容」不僅是《倚天屠龍記》的主題，也是金庸本人的處世精神。這也許可以作爲解讀《倚天屠龍記》〈後記〉相關文字的一把鑰匙。

《倚天屠龍記》在消解復仇的同時，也消解了「正」、「邪」對立。二者

〔註 6〕 金庸：《倚天屠龍記》，第 1037 頁，三聯書店，1994，北京。

〔註 7〕 陳雨航：〈如椽飛筆渡江湖〉，葛濤等選編：《金庸其人》，第 146 頁，社會科學文獻出版社，2004，北京。

〔註 8〕 溫瑞安：〈王牌人物金庸〉，葛濤等選編：《金庸其人》，第 36 頁，社會科學文獻出版社，2004，北京。

屬於同構命題。

屠龍刀是一個象徵，它的象徵涵義之一即是辨別善惡的試金石。張無忌發現，經過這塊試金石的測試，許多「正派」人物實則充滿邪惡，而諸多所謂邪派，在本質上倒是「崇正」的。這是《倚天屠龍記》消解正邪的一個層次，較淺的認識層次。

《倚天屠龍記》接近結尾時，寫到謝遜口頌《金剛經》爲張無忌消除「心魔」；又寫到他皈依度厄大師時口占偈語曰：「牛屎謝遜，皆是虛影，身既無物，何況於名？」〔註9〕這是一位曾集「正」、「邪」於一身的「魔頭」的大徹大悟！

所以，《金剛經》也是一個象徵。它的象徵涵義之一，便是從哲理上消解「正」、「邪」的融化劑：諸相非相，「正」、「邪」皆「虛」，這才是徹底的消解！

以佛學爲消除「正」、「邪」的哲理基礎，並非始於金庸，而是早已見諸前輩武俠作家的作品——這裡說的不是王度廬（他的作品裏罕見此類命題），而是向愷然（平江不肖生）和李壽民（還珠樓主）。把金庸的相關文字、言說與這兩位前輩作家對比一下，是很有意思的。

當范遙說到如何用「栽贓」之法對付鹿杖翁時，金庸寫道：「張無忌又是好氣，又是好笑，心想自己所率領的這批邪魔外道，行事之奸詐陰毒，和趙敏手下那批人物並無什麼不同，只是一者爲善，一者爲惡，這中間就大有區別。」〔註10〕文中並未談及佛法，可是三十多年前的向愷然，卻曾引用佛理闡釋過相同的命題。

《江湖奇俠傳》裏有位名叫慶瑞的滿清將官，雖屬崆峒「邪派」，卻從無惡行劣跡。他曾對徒弟說：「法術沒有邪正，有道則法是正法，無道則法是邪法」。〔註11〕法無定性，唯「道」是正；「道」即「無相」，諸法悉空。是爲佛理。張無忌的感想合乎佛理。

金庸曾說：「我個人信佛教，佛教認爲個人個性決定於『業』，一個人這一生是他的前生十代八代累積下來的，一個人的『業』是一生的影響力。人是很複雜的，是各種因素加起來的。『俠』，先天關係很大，後天關係也很大，

〔註9〕金庸著：《倚天屠龍記》，第1529頁，三聯書店，1994，北京。

〔註10〕金庸著：《倚天屠龍記》，第1017頁，三聯書店，1994，北京。

〔註11〕平江不肖生：《江湖奇俠傳》，第420頁，香港藝文圖書公司，1985，九龍（葉洪生主編《近代中國武俠小說名著大系》本）。

都有影響。」〔註 12〕寫《倚天屠龍記》時他雖尚未正式皈依佛門，但上述觀念無疑隱含於他的敘事之中。

向愷然在《江湖奇俠傳》裏也談論過這一命題。他說：「談道者喜談孽，禽魚木石皆各有其孽；孽不足以相抵，人力無如之何！孽之爲物，與星相家之所謂命運相類。」〔註 13〕他進而解說道：清朝之所以不到辛亥年不會傾覆，革命之所以不到辛亥年不會成功，皆因辛亥之前彼此之「孽」不足以相抵也。這裡顯然把「孽」加以中性化，使之成爲二元對立之間的「同一性」了。按湖南方言「孽」、「業」同音，故向愷然所闡發者，便是佛學中之「業力」說，與金庸所論相通。

李壽民則曾在《蜀山劍俠傳》中，借一個名叫李寧的人物之口說：「若是上乘便不著相，本來無物，何有於法？萬魔止於空明，一切都用不著，哪有敵我之相呢？」〔註 14〕這裡闡釋的佛理，明顯出諸謝遜所頌之《金剛經》。

從「業力」說角度解讀，《倚天屠龍記》裏所寫的「正」、「邪」雙方，所經歷者均係「業苦」，何有分別焉！從「無相」說的角度解讀，《倚天屠龍記》所寫「正」、「邪」諸相皆屬「非法相」，唯有不「著相」，方能達致「眞法相」！

對於上述命題，向愷然、李壽民均未在自己的作品裏營構爲主幹性的故事情節，著重加以表現。而金庸則做到了，由此觀之，也是大突破。

以上引證，意旨不在弘揚佛法，而在揭示一條歷史線索：三十年代的向愷然、李壽民和六十年代的金庸，在處理二元對立的武俠題材時，都致力於從哲理上探討對立面的同一性，並從哲理上爲消解二元對立尋求依據。這與消解復仇一樣，顯示著武俠小說「現代化」進程的又一軌跡。

「大歷史」及「小是非」

《倚天屠龍記》是金庸筆下具有眞實歷史背景的故事之一。作者展現「大歷史」時顯示著三個特點：其一，拿捏得當，始終未讓張無忌摻和到朱元璋的軍隊裏去。其二，史料的運用證明作者史學修養的深厚；特別是明教史料

〔註 12〕王力行：〈新辟文學一户牖——訪金庸談武俠、文學與報業〉，葛濤等選編：《金庸其人》，第 138 頁，社會科學文獻出版社，2004，北京。

〔註 13〕平江不肖生：《江湖奇俠傳》，第 471 頁，香港藝文圖書公司，1985，九龍（葉洪生主編《近代中國武俠小說名著大系》本）。

〔註 14〕還珠樓主：《蜀山劍俠傳》，第 2083 頁，山西人民、北嶽文藝出版社，1998，太原（《還珠樓主小說全集》本）。

的運用，不僅根據確鑿，而且天衣無縫地爲主幹情節提供了有力支持，天衣無縫地爲故事引入了異國文化元素。構思巧妙，令人擊節。其三，對朱元璋開國「聖業」所作之反諷，尤其值得贊賞。

按韓林兒《明史》有傳，與郭子興並列。郭子興是朱元璋與「馬皇后」（即「馬大腳」）的媒人，故傳末之「贊」褒曰：「有明基業」實肇於郭氏之旅。「子興之封王祀廟，食報久長，良有以也。」韓林兒雖也曾是朱元璋的上級，但他自立國號曰宋，對於明朝來說這屬於「僭」，在「正史」裏首先便是不可不「貶」的。故其「贊」曰：「帝王之興，必有先驅者資之以成其業，夫豈偶然哉！」〔註 15〕「爲王前驅」的「史評」，透露著韓林兒的下場。金庸或即以此爲據，構思了朱元璋謀殺韓林兒的情節，用藝術的眞實，揭露了可能被掩飾掉的歷史眞實（關於韓林兒之死，《明史》取卒於滁州之說，同時又存瓜州覆舟而亡之說，應該說還算比較客觀的）。

至於朱元璋借殺韓林兒而施「一箭雙雕」之計逼走張無忌的情節，當然純屬杜撰。然而《倚天屠龍記》處理歷史素材的大魅力恰恰在於此，正如陳墨所說：金庸「將許多『歷史人物』寫進書中，並將其與『傳奇人物』熔於一爐，創造出一種『亦史亦奇』的武俠小說的特殊格局，妙在『似與不似』之間。」〔註 16〕朱元璋建立明朝，寓有「歷史的必然性」；張無忌原本可能當上明朝皇帝，卻被朱元璋「耍」了，則是「虛構的或然性」。以「虛構的或然性」來「解釋」歷史的必然性，從而寄寓對於正史的反諷，體現作者的史觀與史識，正是金庸式「歷史傳奇」的大魅力。在這裡，我們更多地看到了司各脫、大仲馬的「身影」。金庸很好地吸取了西方歷史傳奇作品（包括戲劇和史詩）的營養，同時繼承中國古來的歷史傳奇（既指小說，也指戲曲）傳統，並使之出現了質的飛躍。

與國恨家仇、民族命運的「大歷史」相比，情場悲歡實乃「小是非」。然而，「小是非」的意義和價値卻又不亞於「大歷史」。

站在「驅逐胡虜」這一「偉大事業」的立場來評論，儘管作者爲張無忌鋪排了種種「充足理由」，但他最終作出的與趙敏雙雙退隱的選擇，即使不「上綱」爲「背叛」，也可斥之爲「逃避」。然而，「偉大事業的立場」屬於「大敘事」，張無忌和趙敏的選擇恰恰顯示著「小敘事」的「顚覆性」，含義

〔註 15〕〈郭子興、韓林兒傳〉，《明史》卷一二二，上海古籍出版社、上海書店影印本，1986，上海。

〔註 16〕陳墨著：《金庸小說之謎》，第 110 頁，百花洲文藝出版社，1992，南昌。

非凡。當然，這顛覆性又是有限的：金庸是位有政治眼光的作家，他知道現在「國家的界限」遠未「消滅」，「『愛國』、『抗敵』等等觀念」還有大「意義」〔註17〕，所以預先設置了趙敏「反正」的情節，以使「小敘事」與「大敘事」不至於產生尖銳矛盾。但是，從朝廷和父、兄的立場考察，趙敏的「反正」難道不是最大的「反叛」嗎？！以此觀之，則「小敘事」的顛覆性依然不弱，這位蒙古郡主的「魔性」，委實遠遠大於張無忌，只是籠罩於「漢族正統」的「大敘事」之下，不易引起人們的「警覺」吧了。

張無忌愛的是趙敏，這個問題不是他自己在口頭上說得清楚的（最終他還是對周芷若說清楚了），而首先是藉由他的一系列潛意識活動暴露出來的。金庸寫他最終選擇了趙敏，完全符合張無忌的「本意」及其性格。金庸說趙敏「不可愛」，張無忌卻覺得可愛，這是沒有辦法的事。正如作者在該書〈後記〉中說的：「既然他的個性已寫成了這樣子，一切發展全得憑他的性格而定，作者也無法干預了。」〔註18〕在這個問題上，金庸不能不跟張無忌走，否則創造這個人物就會出現敗筆。

其實，金庸自己恐怕也是喜歡趙敏的——她的狡黠、伶牙俐齒有如阿紫，但不像阿紫那樣狠毒；她的聰明、博學則近似王語嫣，屬於金庸愛寫的女性類型。

周芷若的「性格變態」（其責任不在或並不全在滅絕師太），與趙敏的「背叛朝廷」是一組「同質異構」的情節。構思後者的目的，在於讓張無忌的婚姻不至於背離「大敘事」；構思前者的用意，則在爲張、周的婚姻之約「解套」，使張、趙的結縭符合一夫一妻的現代道德。有關周芷若的這段故事吊詭異常，匪夷所思，但是也有「斧鑿之痕」：峨嵋派女徒均係處子（紀曉芙就是因爲違反這條規矩而慘死在滅絕師太掌下的），掌門人自然絕對不會結婚，這是江湖上人人皆知的事情。爲什麼當周芷若推出她的「夫君」宋青書時，連周顛、說不得那樣的碎嘴子都一聲不發、看不出破綻來呢？——當金庸竭盡心力營構複雜詭異的情節之際，有時是難免出現疏漏的，此爲一例。

張無忌確實用情不專，確實有著「泛愛」傾向，金庸寫他「四美並娶」的白日夢，是其潛意識活動的眞實浮現。對此，無需引證古代允許一夫多妻的制度加以辯解；在金庸筆下，「一男泛愛多女」的模式也不僅呈現於《倚天

〔註17〕金庸：《神雕俠侶》，第1563頁（〈後記〉），三聯書店，1994，北京。
〔註18〕金庸：《倚天屠龍記》，第1593頁，三聯書店，1994，北京。

屠龍記》。除了寫出主人公對愛情不夠專一的缺點，這種「情色敘事」的意義在於揭示了「利比多」的普適存在和普適作用，揭示了人性深處的「魔性」。揭示這種「魔性」，對主流價值體系（至少是當年大陸的主流價值體系）也有很大的顛覆意義。

金庸在〈後記〉中說：「像張無忌這樣的人，任他武功再高，終究是不能做政治上的大領袖……中國成功的政治領袖，第一個條件是『忍』，包括剋制自己之忍，容人之忍，以及對付政敵的殘忍。第二個條件是『決斷明快』。第三是極強的權力欲。張無忌半個條件也沒有。」〔註 19〕對照作品情節，我們發現張無忌在「剋制自己之忍，容人之忍」方面，還是夠「半個條件」的；「決斷明快」方面，亦不見得「半個條件也沒有」（例如接任教主之後的約法三章和調度人馬）。問題在於，在金庸俠義小說的語境之中，具備上述三個條件者恐怕都已不再是「俠」了；倘若依然爲「俠」，則很可能成爲負面形象或不夠正面的形象。

究其原因，蓋在能否成爲「政治上的大領袖」，除了自身性格、素質等條件之外，更取決於環境——「政治上的大領袖」們的環境在於金戈鐵馬的「戰場」和議政弄權的「廟堂」，「俠」的環境則在於獨來獨往的「江湖」。韓非是貶斥儒、俠的，但是他在〈五蠹〉裏批評養儒、俠者說：「國平養儒俠，難至用介士，所利非所用，所用非所利。」〔註 20〕卻準確地道出了「俠」與「介士」的本質區別。

「介士」者軍人也，國家的「暴力機器」也；與之相對的名詞爲「私劍」，也就是游俠，如果不考慮存在「被養」的狀況，其用武的個人性和氣質的由任性當與後代武俠小說中的主人公們基本相同。〔註 21〕韓非的話很有道理：國家存亡，賴乎「介士」；欲靠「私劍」，必得其反。而「私劍」一旦成爲「介士」，也就不再是「俠」了。這裡不存在孰「好」孰「壞」的問題，無非說明：即便把張無忌換成郭靖、楊過，只要他們還是「俠」，就都成不了「政治上的大領袖」；反過來，成爲「政治上的大領袖」者，儘管可以帶有「俠氣」，但

〔註 19〕同注 18。

〔註 20〕《二十二子》，第 1184 頁下欄，上海古籍出版社影印，1986，上海。

〔註 21〕讀者如對這個問題感興趣，歡迎參閱拙作〈原俠及其俠義精神——中國武俠小說史研究之一〉，見深圳大學文化與傳播系主編：《文化與傳播》，395～410 頁，上海文化出版社，1993，上海。亦見拙著《俠的蹤跡——中國武俠小說史論》相關章節，人民文學出版社，1995，北京。

在本質（社會屬性）上已不可能再是「俠」了。這說明：在俠義小說裏要寫眞實歷史事件並讓主人公參與其中，是很困難、要「冒風險」的。金庸在這方面總體上處理得相當得體，相當高明。

反顧王度廬，他寫作「鶴－鐵五部曲」時身處日占區，是不能、也不敢涉及「歷史背景」的。《鶴驚崑崙》寫鮑阿鸞對江小鶴的愛，主要以恨的形式表現出來：小鶴不在時，一見童年經常相約之處的柳樹，她便輪刀痛砍；爲保护祖父而與小鶴交手時，她則拼命搏殺，近乎瘋狂。這與趙敏對付張無忌時的狡黠、刁鑽、從容，倒也可作一比。

《鶴驚崑崙》以悲劇結束，江小鶴選擇了歸隱；《倚天屠龍記》以喜劇結束，張無忌和趙敏也選擇了歸隱。平心而論，這是俠者最現實、也最理想的歸宿。然而，回想起江湖往事，無論是在九華山上種茶葉的「江南鶴」還是在閨房裏爲趙梅畫眉的張無忌，他們的心潮一定不會平靜。一旦遇到「士之阸困」，他們也必定依然會千里赴義，「不矜其能」〔註 22〕的：江南鶴已在《寶劍金釵》裏爲救李慕白而現過身了；如有「射雕第四部」，張無忌也會如此的吧！

抗戰勝利之後，王度廬寫過多部以清代野史傳聞爲素材的小說，此時他也不迴避「大歷史」了。作爲一位京旗作家，他的此類作品既蘊涵著對本民族政權盛衰原因的思考，又包含著對漢族人民的歉疚和對「反清復明」、「國民革命」事業的支持。他對歷史的反思，已經上升爲「超民族」的人文關懷。另一方面，他的這些作品裏又有著濃鬱的「旗人」生活氣息，處處深藏著自我的「民族認知」，殆亦可以視爲具有顚覆性的「小敘事」。這些方面，他既與金庸有別，而在史觀、史識方面，卻也存在相通之處。

「平民文學」和「成人童話」

1930 年，王度廬以「柳今」爲筆名發表雜文〈一個平民文學家〉，對「平民文學」作過理論性的闡釋。文中提出：「世界本來是平民的世界，尤其是文學家，更要有一種平民化的精神，他才能夠用文學的力量，來轉移風化，陶冶民情。」〔註 23〕

〔註 22〕司馬遷〈游俠列傳〉，《史記》，第 3181 頁，中華書局，1987，北京。

〔註 23〕柳今（王度廬筆名）〈一位平民文學家〉，《小小日報》「談天」欄，1930 年 4 月 12 日，北京。按該文所揄揚的「平民文學家」是滿族鼓詞（子弟書）作家韓小窗，王度廬的「平民文學觀」與周作人的主張既有聯繫，又有差異。周作人雖然也說平民文學作家是「普通男女」中的一人，但他其實要求這些作家成爲「先知或引路的人」；因此，他強調「平民文學決不單是通俗文學」，「不必個個『田夫野老』都可領會。」〔註24〕他所提倡的「平民文學」，實際便是「人生派」的「五四新文學」，具有「先鋒性」和「精英性」。王度廬的「平民文學觀」，其實就是符合「五四」精神的「通俗文學觀」。在他看來，平民文學是具有平民思想的作家創作的一種文學，是他們運用俗眾可以領會的語言，從精神上教化、愉悅、提升俗眾的文學。要讓「平民」領會，這一點是非常重要的；但是「通俗」又絕不是「隨俗」，更不是「俚鄙」。

周作人認爲「平民文學」主要不是通俗文學；王度廬則認爲通俗文學可以、也應該是「平民文學」。他們的差別在這裡，他們的聯繫也在這裡。

魯迅也曾論及「平民文學」。他在《中國小說史略・清之俠義小說及公案》中說：「是俠義小說之在清，正接宋人話本正脈，固平民文學之歷七百餘年而再興者也。」〔註25〕陳平原解讀云：「魯迅所說的『平民文學』包括精神和文體。前者定位在廟堂之外，自是十分在理；後者局限於『話本正脈』，則略嫌狹隘。」〔註26〕所見甚確。王度廬的「平民文學觀」和魯迅這裡所說的意思倒是一致的。

金庸的觀點亦然。談及武俠小說與西方騎士小說的區別時他說：騎士小說的主旨是對皇帝、教會、主人的忠心，而中國的武俠故事則「代表一種反叛的平民思想」〔註27〕。據說，當《明報》的傾向轉而偏於讀書人、知識分子時，有一批自稱爲「小市民」的讀者致函該報副刊〈自由談〉，認爲知識分子看不起小市民，要求《明報》社長表明立場。金庸發表公開信說：「決不以爲讀書人的身份比小市民爲高」。「《明報》尊敬知識高深的讀書人，願意接受他們的指導，但我們眞正的好朋友、永遠的死黨，都是廣大的小市民。」〔註28〕這也可以視

〔註24〕周作人《平民的文學》，《藝術與生活》，第4、5頁，嶽麓書社，1989，長沙。

〔註25〕《魯迅全集》第9卷，第278頁，人民文學出版社，1981，北京。

〔註26〕陳平原：〈超越「雅俗」——金庸的成功及武俠小說的出路〉，葛濤等編：《金庸其人》，第329頁，社會科學文獻出版社，2004，北京。按魯迅又曾在《而已集・革命時代的文學》中論及「平民文學」，所指則係由「平民」自己寫作的文學，所以他說：「平民的世界，是革命勝利的結果」。革命既未成功，也便沒有「平民文學」。

〔註27〕金庸：〈談武俠小說〉，《金庸散文集》，第258頁，作家出版社，2006，北京。

〔註28〕杜亞萍：《金庸傳》，第90頁，江蘇人民出版社，2009，南京。

爲金庸的「平民文學」「宣言」。

王度廬亦曾從事新聞業，但與金庸相比，他只能稱爲「小報人」——這不僅指他供職的是家小報，更指他的家庭背景、學歷、社會地位等，都遠比金庸低微得多。〔註29〕

北京的《小小日報》是一家以報導體育新聞爲主的娛樂性小報，確切創刊時間未詳。1926年，年僅17歲的王度廬（時名「霄羽」，「度廬」是1938年才用的筆名）始向《小小日報》投寄偵探小說；後來他又以「柳今」的筆名，包攬了該報副刊的「談天」專欄，每日爲之撰寫雜文一篇，同時依舊撰寄小說（除偵探外還包括社會、言情、武俠等類別，均較粗糙，屬於「練筆階段」）。大約1931年開始擔任該報編輯，實際上兼做校對，甚至還要當跑街的，直至1933年。

至今能夠查到王度廬的「談天」雜文共計一百四十餘篇（少數載於另一專欄〈小言〉）。他在這些文字中談國難、談民生、談倫理、談國民性、談男女平等、談流行文化（包括電影、京劇、曲藝、歌舞和鴛鴦蝴蝶派的小說），相當全面地表達了以「平民主義」爲核心的早期思想。這些雜文也經常透露著作者的處境、心態和氣質。「窩頭」和「病」是出現頻率最高的兩個詞；「身世的飄泊，學業的荒蕪，」「經濟的壓迫，希望的失敗」〔註30〕是他無法掙脫的困境。作者的心理結構充滿矛盾，這些矛盾集中於自我的「角色認知」：一方面，他自願做個「平民文學家」、「知識勞工」；另一方面，由於通過自學而提高了文化修養，他又「野心太大」，因扮演當前的角色而隱感自卑。

1937年後王度廬在日占區的青島從事武俠小說和社會言情小說寫作時，基本處於半失業的狀況。上述心態因處境的惡劣而更加沉重，因而反覆地、曲折地折射於他作品中的主人公身上（除江小鶴外，還有《寶劍金釵》裏的李慕白），加上納蘭性德式的情緒（王度廬非常喜歡這位本族詞人），使他的俠情小說籠罩著一片悲愴的氛圍。

用今天的眼光考察，王度廬的文學語言過於拙樸，敘述不夠簡潔，其作品的可讀性遠遜於金庸。但是，四十年代它們的傳播區域卻早已遠達「大後方」的重慶，風靡過那裏的大學生。王度廬在俠情小說裏塑造出爲捍衛「愛的權利」而奮爭的數代俠士、俠女形象，在武俠小說史上具有開創性，這一

〔註29〕詳見拙著《王度廬評傳》相關章節，蘇州大學出版社，2005，蘇州。還有〈王度廬的早期雜文〉，《津門論劍錄》，第296～334頁，遠東出版社，2011，上海。

〔註30〕柳今：〈憔悴〉，《小小日報》「談天」欄，1930年6月16日，北京。

點與金庸作品也有相通之處。

與王度廬相比，金庸當然屬於「大報人」——這當然也不僅是指他的《明報》社長身份，指的更是他的社會活動家地位、精英角色，及其學歷、經歷、專業修養、文化素質的高層性和廣博性。這位精英人士把「平民文學」的武俠小說推上了一座前所未有的高峰，「成年人的童話」一語，是對他的俠義小說所達成就的一種概括。

據說，「成年人的童話」一語，原是華羅庚 1979 年在伯明翰與梁羽生聚談時對梁氏《雲海玉弓緣》一書的評價。又有一種說法，稱這一評語初見於遠景公司出版《金庸作品集》時的廣告（按這套全集出版於 1980 年，比「華說」要遲一年）。我沒見過這個廣告，但曾向遠景公司的沈登恩先生當面做過求證。他的回答是：「『成人的童話』這個說法沒有出典，是自己想出來的。」當時我說：「哦！那您就和魯迅『英雄所見略同』了！」因爲「成人的童話」一語，初見於魯迅爲所譯《小約翰》撰寫的〈引言〉。〔註 31〕

《小約翰》係荷蘭作家望・藹覃（F. W. Van Eeden，1860~1932）所作長篇童話，魯迅的〈《小約翰》引言〉撰於 1927 年 5 月 30 日，內云：「這誠如序文所說，是一篇『象徵寫實底童話詩』。無韻的詩，成人的童話。」〔註 32〕按引語中的「序文」指《小約翰》德文譯本卷首賚赫博士（Dr. Paul Reche）所作序文，「成人的童話」則是魯迅對其「象徵寫實底童話詩」這一評語的引申，當指《小約翰》的文學樣式雖屬童話，但是其中所象徵的「人性的矛盾」、「禍福糾纏的悲歡」等人生體驗和哲理內涵，並非兒童所能領會，只有具備相當素質的成人讀者，才看得懂。

我們無法考證華羅庚的說法是否受到魯迅上述評語的啓發，但是，魯迅的解釋雖非針對武俠小說，卻無疑有助於理解華羅庚的評語。作爲文學樣式，童話的根本特徵在於幻想即「非寫實」的想像，金庸作品在樣式上區別於一般武俠小說的主要特徵，也正在於或濃或淡的「非寫實」的想像，我認爲可以稱之爲「變形想像」。

武俠小說的想像，歷來可分兩派：一爲「寫實」型的，王度廬、白羽均屬此派，上溯可至《兒女英雄傳》及話本小說（儘管其中也有「非寫實」型的）；一爲「非寫實」型的，向愷然、李壽民均屬此派，上溯可及《綠野仙蹤》，

〔註 31〕按這一概念還可能先已見諸童話學或童話理論著作，有待查考。

〔註 32〕《魯迅全集》第 10 卷，第 254、255 頁，人民文學出版社，1981，北京。

直至唐人傳奇（儘管其中也有「寫實」型的）。

金庸武俠敘事的想像，無疑與向愷然、李壽民更爲相通。例如，最早描寫丐幫的，便是向氏的《江湖奇俠傳》；接著李壽民又在《雲海爭奇記》中詳述過丐幫的歷史故實，這些無疑給金庸留下了深刻印象。但是，《江湖奇俠傳》的想像主要依憑湘巫文化，李氏《蜀山劍俠傳》的想像主要依憑佛、道文化以及易學－玄學思維，金庸的想像依憑的則是他本人廣博的中西文化修養以及現代知識、觀念。金庸或許吸收了李壽民的某些經驗，包括玄學思維和對「邪派」、「邪性」人物的塑造，但是他有自己的「文化邏輯」——決不允許想像之馬馳騁到「飛劍」、「法寶」的仙魔世界裏去。他的「變形想像」是主體精神介入客體、鎔鑄客體而使之產生的形變〔註 33〕，有如貫休的《十六羅漢圖》，又如珂勒維支的版畫（當然不僅體現於人物性格與形象，而是全部形象思維的「統帥」）。在這方面，他的成就也是空前的，對後來的古龍等作家影響深遠（但是古龍對「想像尺度」的把握不如金庸）。

嚴家炎說：金庸的崛起「是一場悄悄地進行著的文學革命。」這是一個很高、也很準確的評價。他又說：「金庸小說的出現，標誌著運用中國新文學和西方近代文學的經驗來改造通俗文學的努力獲得了巨大成功。」〔註 34〕這一評價當然也對，但是作爲一個亦曾長期從事中國現代文學史即「新文學史」教學工作的讀者，我總覺得比「文學革命」的評價「低」了一點。請以攝影爲喻（當然，任何比喻都難免「跛腳」）：若給金庸先生拍照，以「中國新文學和西方近代文學」的「園林」作爲背景，是一種效果；以中國新文學、中國通俗文學、中國傳統文化以及西方文化交織生長、繁雜茂密的「森林」（其間還有許多「別種花木」）爲背景，又是一種效果。竊以爲後一張「照片」方夠得上「革命」的品評。這涉及「現代文學史觀」，下面討論的問題也與此有關。

討論一個問題

金庸自承曾經喜歡平江不肖生的《江湖奇俠傳》、白羽的武俠小說和還珠樓主的《蜀山劍俠傳》，並且受過這些作家、作品的影響。至於王度廬，筆者僅僅

〔註 33〕按童話學中的「變形」指的是人與「非人」之間的形象變換，例如狼變爲「外婆」，魚化身美女等，與本文所指有別。

〔註 34〕嚴家炎：〈一場靜悄悄的文學革命——在查良鏞獲北京大學名譽教授儀式上的賀詞〉，《金庸散文集》，第 357、359 頁，作家出版社，2006，北京。

見到關於《臥虎藏龍》的一句評價：當有人詢問對電影《臥虎藏龍》的看法時，金庸說：「我覺得《臥》片拍得很好……但原小說並不好看。」〔註35〕所以，本文在王度廬和金庸之間，做的是平行比較。

雖然只是兩部作品的簡略平行比較（附帶涉及向愷然和李壽民），從中還是可以看出王度廬和金庸之間確乎存在相通之處的，同時亦可認知他們在各自所處歷史階段獲得的文學地位。正如張贛生所說：王度廬「創造了言情武俠小說的完善形態，在這方面，他是開山立派的一代宗師。」〔註 36〕套用他的句式，金庸則是中國武俠小說「現代化工程」的完成者，他創造了中國現代武俠小說的完善形態，在這方面，他是達到巔峰狀態的一代宗師；再重複嚴家炎的話：金庸導致了「一場靜悄悄的文學革命」。

論及王度廬那一代武俠小說作家的作品時，學術界至今都仍稱之爲「民國舊派武俠小說」。對於這種說法，筆者一直期期以爲不可。

「民國舊派小說」這一概念，是由范煙橋和鄭逸梅爲魏紹昌編纂的《鴛鴦蝴蝶派研究資料》撰寫材料時首先提出來的。范煙橋所寫材料即爲〈民國舊派小說史略〉，係據作者 1927 年所撰《中國小說史》的一節（原題「最近之十五年」〔註37〕），「加以補充」並改題篇名而成。篇中對「民國舊派小說」是這樣界定和闡釋的：「這裡所說的民國小說，是指的舊派小說，主要又是章回體的小說。」「這種小說在民國初年的一段時期，呈現了極其繁榮的景象。」「這種章回體的小說，起自民間，從口頭文學發展爲紙面抒寫」，「故事性傳奇性較強」。它們生長在「烏煙瘴氣，光怪陸離」的「解放前的上海」，隨著潮流的轉換而「內容愈雜，流品愈下」，「日趨沒落，不能自拔」。〔註38〕

范煙橋提出的這個概念相當經不起推敲，僅從形式邏輯角度，就可提出不少質疑。例如：寫過章回體的作家所寫的非章回體小說（「北派五大家」和鴛蝴派的非武俠小說作家都有許多這樣的作品），應該歸入「舊派」還是「新派」呢？該篇敘及的作品，1927 年之後爲數更多，既然如此，爲何稱「極其

〔註35〕謝曉〈金庸暢談人生：眞愛是一生一世的〉，葛濤等編：《金庸其人》，第 113 頁，社會科學文獻出版社，2004，北京。

〔註36〕張贛生著：《民國通俗小說論稿》，第 301 頁，重慶出版社，1991，重慶。

〔註37〕按 1980 年代我們編纂《鴛鴦蝴蝶派文學資料》時收錄的即是這一節，標題改爲〈最近十五年之小說〉。詳見芮和師、范伯群等編：《鴛鴦蝴蝶派文學資料》，第 245～274 頁，福建人民出版社，1984，福州。

〔註38〕魏紹昌編：《鴛鴦蝴蝶派研究資料》，第 268、270 頁，上海文藝出版社，1984，上海。

繁榮的景象」限於「民國初年的一段時期」呢？就武俠小說而言，「北派五大家」多崛起於 1930 年代，直至 1949 年，其創作力猶甚旺盛，怎能稱之爲「日趨沒落，不能自拔」呢？臺灣學者沿用這個概念時，由於承襲著「中華民國」的年號，將會遭遇不少尷尬，例如：郎紅浣、太瘦生、孫玉鑫、成鐵吾是否應該歸入「民國舊派作家」呢？（臺灣的）「民國新派作家」又該從誰算起呢？金庸、梁羽生是否應該稱爲「民國新派作家」呢？……

問題的癥結當然不在形式邏輯，而在范煙橋、鄭逸梅提出這個概念的背景——「左」的文藝思潮和文藝政策一統天下的「時代語境」。

葉洪生、林保淳在引用「舊派」一詞時說：「考其概念之形成，大概是針對民國八年（1919）五四運動後所掀起的新文學狂潮而產生的一種自卑心理」〔註 39〕，可謂一語中的。應該補充的是：即便范、鄭兩位給自己這一群的作品扣上一頂「舊派」帽子，「新派」也還不肯領情！魏紹昌在《鴛鴦蝴蝶派研究資料》〈敘例〉中，於說明「民國舊派小說」這一名稱出諸范、鄭兩位先生之意後，隨即申明：「至於這個名稱問題，編者認爲他們可以保留自己的意見。」〔註 40〕言外之意蓋指「舊派」一詞「定性」過輕，因爲〈敘例〉有云：鴛蝴派「是半封建半殖民地社會的『典型』產物」，是辛亥革命的「消極方面的產物」；「它的『流風餘韻』是直至一九四九年全國解放，改變了舊社會的政治經濟基礎，才完全消滅的。」〔註 41〕——請注意：這裡說的是此派文學應該「消滅」而且業已「完全消滅」。當然，這些文字不一定是魏先生的「心裏話」：處境如斯，不得不然！

最近還看到一部 1995 年出版的論著，其中敘及金庸武俠小說的背景時說：「清代，俠義小說大量出現，至民國形成了武俠小說高潮。較著名的有《兒女英雄傳》、《三俠五義》、《江湖奇俠傳》、《蜀山劍客（按當作「俠」）傳》、《小五義》、《英雄大八義》、《彭公案》、《施公案》」，「到本世紀的 40 年代，已進入窮途末路。」〔註 42〕顯然，該書作者對「舊派」的理解又「超越」了范煙橋：他把清代和民國的武俠小說不加區分地「一勺燴」了，而從所開書目可

〔註 39〕葉洪生、林保淳：《臺灣武俠小說發展史》，第 44 頁，遠流出版公司，2005，臺北。

〔註 40〕魏紹昌編：《鴛鴦蝴蝶派研究資料》卷首，第 2～3 頁，上海文藝出版社，1984，上海。

〔註 41〕魏紹昌編：《鴛鴦蝴蝶派研究資料》卷首，第 1、3、1 頁，上海文藝出版社，1984，上海。

〔註 42〕王劍叢著：《香港文學史》，第 347、348 頁，百花洲文藝出版社，1995，南昌。

知，他對「民國武俠作家」的作品知之甚少。但是，這書目倒也說明一個問題：民國時期確乎存在清代俠義、公案小說的「流風餘韻」，此類武俠小說雖梓行於民國坊間，卻屬「古典時代」而不在「現代」範疇，它們才是眞正的「舊派武俠小說」！至於《江湖奇俠傳》和《蜀山劍俠傳》，至少已經含有新的時代訊息了（這兩部作品固然仍屬章回體，但是前者即已呈現對章回體進行「內部改革」的跡象）。

如何爲王度廬等及其作品「定性」、「正名」呢？且不說王度廬、宮白羽對五四新文化是完全認同的，也不說「新」與「舊」能否作爲價值判斷的標準（《紅樓夢》堪稱「舊派小說」之典型了吧，然而至今有哪部「新派小說」，其文學史地位能夠與之相提並論？），因爲，問題的癥結也不在這些方面。

竊以爲癥結在於該用什麼樣的「歷史哲學」，如何界定、審視 1949 年前的「中國現代文學」。應該揚棄「一分爲二」的「鬥爭哲學」，回歸「對立同一」的辯證哲學，將 1949 年前的中國現代文學如實地界定爲「多元共生的文學」——五四新文學和通俗文學，無非各屬「多元」中的一「元」而已。還原多元共生的歷史景觀，探索當時蓬勃、複雜的文化－文學生態，反思「共生」的歷史經驗和教訓，這是現代文學史研究者遠未完成的迫切任務。

至於如何評價清末之後、1949 年之前的武俠小說，我以爲至遲從《江湖奇俠傳》起，武俠小說「現代化」的進程即已開始；至「北派五大家」達到一個相對成熟的階段；至金庸、梁羽生而達成了「現代武俠小說」的完善化，古龍又從文體和觀念上加以發展，直至呈現「尼采色」。

《江湖奇俠傳》始載於 1923 年（此前，除《留東外史》外，向愷然至少已發表過兩部武俠長篇和若干武俠短篇）；梁羽生的《龍虎鬥京華》發表於 1954 年，其間跨度不過三十一年。

這是一段很短的歷史，但是考察兩岸三地的具體狀況，其流程和後續進程卻是相當曲折起伏的。

最明顯的便是，從大陸角度觀察，1949 年後武俠小說確乎已被「消滅」，至 1980 年代「金庸回歸」〔註 43〕，其間出現了三十年的「空窗期」。

不過，如果從包括王度廬在內的「北派五大家」停筆（1949 年）算起，到梁羽生發表《龍虎鬥京華》、金庸發表《書劍恩仇錄》，其間跨度就小了：

〔註 43〕按「金庸回歸」的具體年代頗難確定，這裡以其作品獲准經由新華書店公開銷售的大致時間爲準。

不過五、六年。如此觀察，梁、金的崛起確乎屬於「突進」和「飛躍」——即使大陸不禁武俠小說，「王度廬們」也不可能在五、六年內「突變」爲「金、梁」。

臺灣的情況，與大陸有同也有異：同在都禁过武俠；異在大陸「一禁便死」，臺灣卻「禁而不絕」。還有一點相同：梁、金都崛起於兩岸以外的香港。葉洪生和林保淳注意到了這一現象，他們分析道：「畢竟臺、港的生活環境迴異」。「比較起來，英領下的香港是個自由貿易區，思想開放，政治忌諱較少；兼以金庸、梁羽生在報界工作，見聞寬廣，又通外情，故能將『中學爲體，西學爲用』的創作方法靈活運用，推陳出新。」〔註 44〕所論十分中肯。傑出的文學作品固係天才的產物，但是仍需外部環境的支持；文學樣式、文學潮流的生滅更是如此，在一定前提下，外部環境更是起著決定生死的作用。不妨再拿臺灣和大陸做個比較。

1949 年後，武俠小說爲何在臺「禁而不絕」？竊以爲主要原因有二：第一，那邊並未「消滅」市場經濟，這是包括武俠小說在內的通俗文學之生存基礎。第二，那邊的幾次禁書「專案」，均由「保安司令部」、「警總」之類主持，「武人」禁文，其政策考量、措施策劃必然粗糙，「軟殺傷力」極差。所以，臺灣武俠小說反而基本按「進化規律」照常發展，至 1970 年「國防部」頒佈《戒嚴時期出版物管制辦法》時，業已進入「古龍時期」了。〔註 45〕

反觀大陸，1949 年後取締市場經濟，實行計劃經濟，通俗文學的生存基礎喪失殆盡。至於「軟殺傷」，我以爲應該追溯到 1930 年代的「左」傾思潮。如果說「五四新文學」對鴛蝴派的批判尚屬「奪取陣地」之爭，那麼 30 年代出現的「左」的文化思潮，則是一種全方位的「文化清算」。我認爲這一思潮與蘇聯的「無產階級文化派」關係密切，其理論要害殆可歸結爲：傾向於全盤否定文化遺產和「非無產階級」的現實文化，傾向於把一切「非無產階級」的作家、藝術家視爲敵人和異端。吊詭的是：當時的「左」派思想家對武俠小說並未做過更多批判，這是因爲在他們看來，連〈阿 Q 正傳〉都已屬於「死去」的「時代」，武俠小說當然更屬「死去又死去」的「時代」了。處於這種連「當靶子」的資格都被剝奪的「軟殺傷」之下，當時許多通俗文學作家都

〔註 44〕葉洪生、林保淳：《臺灣武俠小說發展史》，第 375、376 頁，遠流出版公司，2005，臺北。

〔註 45〕按這裡所引有關臺灣的資料，均據葉洪生、林保淳著：《臺灣武俠小說發展史》。

已出現「自卑」心態，武俠作家裏以白羽和王度廬尤爲突出。到了 1949 年後，「左」傾思潮因與公權力結合而能量大增；收繳、銷毀「禁書」（主要是鴛蝴派書籍）之雷厲風行、成效卓著，在「文網史」上堪稱「傑作」。它的「軟殺傷」矛頭也未直指通俗文學，而是通過批判《武訓傳》、批判「小資產階級文藝」、批判「紅樓夢研究」，直至揭發「胡風反革命集團」，「殺」得健在的武俠作家們個個噤若寒蟬。環境如此，能不出現三十年的「空窗期」嗎！從「史」的角度反思，以上事實恰恰反映了「共生」狀態從日趨畸形直至徹底瓦解的過程，屬於值得記取和總結的歷史教訓。

金庸的「回歸」則是大陸文化環境出現質變的表徵之一（我印象最深的，首先是香港電影《秋香》的上映），被認爲業已「完全消滅」的通俗文學「春風吹又生」了。於是，「多元文化」重又獲得「共生」——當然，這種「共生」狀態也是蓬勃而複雜的，其中的消極現象不會比二三十年代的上海更少。我們期望著當代多元文化的健康發展，然而相信：最可怕的危險依然來自「左」方。

2011-9-22

關於《三體》的通信

引　言

科幻文學是中國近現代文學史上一塊最短的短板，過去對此一直未曾關注。最近聽說十年來大陸科幻創作獲得突飛猛進的發展，劉慈欣及其代表作《三體》更已受到國際科幻界的矚目和高度評價，於是購得該書一套，開始認眞閱讀。

縱觀人類文明史，「思想爆炸」促成技術爆炸，每一次爆炸都開啓一個文明階段——既是物質的，也是精神的，其間貫穿著思想方法或思維形式的遞進。我的科學知識儲備停留於粗淺的牛頓力學和歐基里德幾何學，而當代科學則早已進入愛因斯坦、霍金階段了，所以閱讀中遇到不少知識障礙。好在我們有個朋友圈——「暢思齋」，其中頗有幾位理工專家，於是我便一邊閱讀一邊向他們發函請教，其他齋友或亦參與討論，這一百零三封函件，也就構成了一本別樣的「讀書筆記」。

通信者中，「耀文」是高級工程師，畢業於清華大學工程物理系；「平宇」是李政道選拔的首批赴美深造青年物理學家之一，現爲美國科學家；「一芈」及其夫人「淑蓉」都是導彈－火箭專家；「裕群」畢業於中國科技大學，曾任教於該校研究生院和自動控制系；「肇明」爲俄語教授；「裕康」爲英語專家。他們都沒讀過《三體》，所以這些函件又是一個讀者與幾位「顧問」的對話。

由於我是邊讀邊寫的，他們也是隨機答覆、隨機「插話」的，所以函件中難免存在一些誤讀和誤判，爲了保存原眞狀態，除個別事實訛誤作了刪除外，均不加以訂正。偶有文字脫漏，則用括弧補入脫文。

徐斯年　2015 年 6 月 17 日

《三體》全集書影

（一）

諸位齋友：

剛流覽完耀文發來的 PPT。因爲是「流覽」，所以許多內容（特別是涉及物理學和數學的「天書內容」）有待消化。初步感覺是：這裡包含著對裕群「四問」〔註 1〕的答覆——至少是部分答覆或「答案指向」。

由於自己基本屬於「數盲」和「科盲」，說得好聽一點，我也只能從認識論角度或哲學角度來看看這些問題。

昨天開始讀一部科幻小說——劉慈欣的《三體》。剛讀到第一部的第三章，其中提及 SF 假說即「射手－農場主假說」，前者假設有一神射手，每隔 10 釐米在靶子上打出一個洞；再假設靶子平面上生活著一種二維生物，它們中的科學家對自己的宇宙進行觀察之後得出一個結論：「宇宙每隔 10 釐米有一個洞」。後者假設火雞裏也有科學家，而農場主每天 11 點來給火雞餵食，於是火雞科學家也發現了自己的宇宙定律：「每天 11 點會有食物降臨。」

〔註 1〕按指數學與邏輯、靈感、哲學的關係以及數學是否「唯心」這四個問題。

讀到這裡時，我馬上產生一個想法：相對於平宇、一芈、耀文、裕群等科學家來說，我這樣的人眞是有點像那「二維生物」或「火雞」。

然而，再讀下去，發現小說裏的這位科學家自己也是「火雞」；耀文所發PPT 傳達的，也是同樣的信息！

小的時候看螞蟻搬家、小雞打架，心裏想過：我們是不是上帝眼裏的螞蟻或小雞呢？現在知道，這個問題一點也不幼稚！

斯年 1.11

（二）

說得好！「人類一思考，上帝就發笑。」閱歷越多，就越明白自己的無知。不是謙虛，是眞的無知。

耀文 1.11

（三）

昨天寫信時，《三體》第一部才讀到第四章；發信後繼續讀，已到第十八章。看來這部科幻小說裏的科學家最終還是突破了「火雞視野」的，它沒宣揚不可知論。就目前預感到的後續內容推測，它寫的是地球文明和地外文明的對話或衝突。其幻想始於 16 世紀以來備受關注的一個物理學經典問題：三個品質相同或相近的物體在相互吸引力的作用之下如何運動？至今，特別是電腦普遍應用之後，已有不少科學家找出包括微分方程領域在內的特解。所以，在小說裏最終似乎還是科學和數學獲得了勝利。與此相應，書中一位刑警的警句也得到了證明——「凡是出現邪乎事象，一定背後有鬼」。

以上還是瞎掰。科幻文學一直是中國的短板，現在發展得相當迅速而且品質不錯，這部《三體》已在翻譯英文版了。

另外，《易經》對二進位的應用，似乎不可小看。這涉及「象數之學」以及占筮，我弄不懂。

斯年 1.12

（四）

一芈、平宇兄：

科幻小說《三體》第一部已經讀畢，因爲眼睛吃不消，後兩部只能「流覽」了。下面是第一部裏寫到的幾個情節（即幻想），請你們抽空評論一下：它們是否具有科學依據？目前不能化爲現實的主要原因何在？

1. 把太陽作爲一個（增益反射的）超級天線，向宇宙發射電波，這樣發射的功率將比地球能夠使用的全部發射功率大過上億倍，從而實現與地外 II 級文明的通信。這是幻想吧？有無可行性？不可行的障礙在哪裡（除了燒毀發射器原件乃至發射者外）？現在包括我國也在做這件（向地外文明發送信息的）非科幻的事，除用航天器搭載碟片、發送信息外，也用射電技術嗎？關鍵是在天線夠不夠「超級」嗎？

2. 關於 11 維結構的理論，是否已經得到證實？這種結構是否僅僅存在於微觀世界？

3. 小說裏寫「半人馬座三體世界」裏的科學家，已經能夠控制 11 維結構中的 9 維。他們把一個質子從 9 維展開爲 2 維，使之成爲一塊極其廣闊的宏觀平面（實際是球形的膜），然後在上面刻製集成電路，再使之恢復原狀，成爲一顆擁有人工智慧的「智子」。這種幻想的科學根據是否充分？阻礙幻想實現的東西是什麼？（小說裏的半人馬座三體文明尚未達到以光速進行星際航行的程度，所以他們把這樣的兩顆「智子」，用已掌握的質子增速技術，以光速，花了四個地球年的時間發到地球，讓它們侵入地球文明的高能加速器，從而干擾人類科學家的思維，切斷地球科學文明的發展進程。）

小說裏又寫道：萬一目標質子被從零維展開，那就萬分危險了，因爲零維就是奇點，就是黑洞。這個質子的全部質量將包含在奇點之中，密度將無限增大，並在運動中吸收一切遇到的物質的質量，直至毀滅整個他們的世界。最近有報導稱：南京東南大學研製成功類似「人造黑洞」的製品，體積不大而功能極其巨大。這會不會就是以上幻想的「現實版」？

斯年 1、14

（五）

謝謝斯年對我們的信任。實際上你是我的知己，因爲我發現很多時候你對許多問題的看法與我有驚人的相似。我只是不擅於恭維捧場，放在心裏沒有說。

對你的四個問題，老實說，沒人能給出終極答案。我只說說我的想法。

1. 在可預見的未來，地球文明無法控制太陽，更談不上把太陽當天線來用。

2. 11 維結構的理論是理論物理學界在追求微觀粒子大一統理論這個漫長艱苦而又浪漫的過程中的一個產物，離實驗證實還很遠很遠，雖然被一批老物理學家稱之爲「根本不是物理」，但是吸引了不少年青天才的追逐。

3. 把高維展開成低維，純粹是美麗的幻象。我認爲是無法實現的事情。唯一可以想像出的「展開」是在三維。舉例來說，把一立方公分體積的塑膠，切成無窮多的小薄片，這就是 3 維展成 2 維的意思。再把這些小薄片做成無窮薄的集成電路，數目多到具有人工智慧的程度，再把它們疊起來回歸 1 立方公分，變成所謂的「智子」。我們顯然做不到兩個「無窮薄」和一個「數目多」。

4. 現在世界上沒有一個實驗室造出了人工黑洞。

上述看法並不構成任何對科幻書的指責。相反，我經常對朋友說：「能寫科幻的作者是眞天才。」我是寫檢查交待出身，根本寫不了科幻。

平宇瞎掰 1.15

（六）

謝謝平宇十分到位、非常專業的答覆！

科幻作品吸引人的地方在其不「瞎幻」，「幻」得有科學上的依據（「科學上的依據」與「科學依據」有別）而又必須具有超前性。新科幻作家所尋找的「科學上的依據」都很前沿，所以俺這樣的讀者必須找眞正的科學家作諮詢。

這部《三體》應該屬於國內新科幻的佳作，論科學觀念，比儒勒・凡爾納先進得多，論「寫人」則似又不及凡爾納，包括「幻」中有「實」的人生圖景和生活場景。這可能與作者的修養有關（他是一位很有文學修養的工程師）。

斯年 1、15

（七）

平宇的回答定了個調，也打下基礎，這樣我的文章就好做一些；

上次提到「三體」用電腦來求解，那說明三體問題還是沒有經典的解。電腦是可以迭代 N 次求解而得到所要求的精度的近似解，這當然也是解。其他四個問題，（將以平宇答覆為基礎）做些補充。可能寫得比較長，用文檔來寫更好。大概要幾天時間，陸續用附件發給老兄。

一半 / 1.15

（八）

科幻的啟示（一）對問題 1 的答覆

1.「把太陽作為一個（增益反射的）超級天線，向宇宙發射電波，這樣發射的功率將比地球能夠使用的全部發射功率大上億倍，從而實現與地外 II 級文明的通信。這是幻想吧？有無可行性？不可行的障礙在哪裡（除了燒毀發射器原件乃至發射者外）？現在包括我國也在做這件（向地外文明發送信息的）非科幻的事，除用航天器搭載碟片、發送信息外，也用射電技術嗎？關鍵是在天線夠不夠「超級」嗎？」

這一段如果改寫成下面的樣子，就會既給人們以科幻的魅力，又傳播了知識。

在太上老君火爐中練就一身工夫的悟空，生性喜愛火，它喜歡到最高最高溫度的地方去降服妖魔。唐僧從西天取經回來以後，經歷了九九八十一難的洗禮，又萌生了造訪外星球的想法。他的悟性很高，人類現代的高科技、核技術、洲際通訊、星際航行，一看就會，於是他就安排了一個給外星人送去人類文明的千年太空遊計劃。

這個計劃的第一步，是進行太空通訊。地球上，進行這樣的通訊能量太小，於是他就想到了由佛祖所管轄的小太陽。太陽儘管在西天佛國裏不算大，但它看起來的大小還是比地球大了 10000 倍，它射出的能量比地球上可以發射出的能量大了億億倍。於是唐僧決定，任命猴子悟空為太陽宇宙通訊接力站站長兼總工程師，指派統領全宇宙水師的白龍馬為他助陣。

一天，唐僧將大師兄悟空和小白龍馬招來，八戒和沙僧也在一旁。

唐僧口中念念有詞，看熱鬧的凡夫俗子沒有一個聽懂的，但徒弟們卻都聽明白了。師父說：

第一，你們切記，悟空鑽進了太陽以後，要利用全宇宙的水，要把太陽的核反應變成由你和白龍馬所控制的「受控核反應」，還要把能量集中起來，定向使用。

第二，你們要專注於接受地球發給你們的信號。太陽所發出的各種射線，能量很大，背景噪音很強，你們要能接收到，區分出來，還得從新編碼，利用太陽的強大能量，加上白龍引導定向發射。

第三，你們得等候回波信號，24 小時全天候值班。

第四，有了消息，立即彙報，特別是消息回饋的方位、距離。（接收）距離信息對你們來講可能很難。我可以找 NASA 和中國航天局商議，讓他們提供數據。

悟空，你一個筋斗十萬八千里，太陽距地球 1 億 5 千萬公里，你得翻 1400 個筋斗才能到達太陽，太辛苦了。這樣吧，聽說 NASA 和中國宇航局正在合作研究離子火箭，他們正在發愁，沒有人敢去闖太陽，正好悟空走一趟。悟空騎上我的小白龍，小白龍踏上四枚離子火箭，八分鐘就到太陽啦。

你們準備吧，八戒和沙僧也得學習學習星圖和星際導航的知識。我去找找奧巴馬和習近平，讓他們一家各出 2 枚離子火箭，看看他們的宇宙探索有什麼進展，也考驗一下他們的技術水準。

佛祖又讓我們走在前面啦！給宇宙送去人類的文明和佛的經文。

一牛 1.15

（九）

謝謝、謝謝！老兄「以科幻解科幻」解得甚好！吾兄此篇答覆裏屬於「科」的（「超前性」的）東西，這部小說裏其實大多已經寫到了（我把它概括成問題時省略了許多揑入情節的內容）。「幻」的東西即故事和人物，說實在話，他寫得比您好。不過別「洩氣」，請依舊用這樣的方式解答另外三個問題。

斯年 1.15

（十）

一牛、平宇兄：

在一牛答覆我關於《三體》的問題 2、3 之前，再提三個問題。

1. 許多解釋 11 維的資料裏，都舉螞蟻在一張紙上爬的例子來說明它只曉得 2 維世界，有的材料還把這螞蟻稱爲「二維生物」。我覺得這例子不妥，舉例者有「欺人」即欺不懂「微觀概念」和「生物常識」者之嫌。我學到的生物知識告訴我：螞蟻是用觸角認知事物，而且有自己的「螞蟻度量標準」。因此，當牠在紙面上往前爬，爬到紙邊後再回頭爬時，是因爲牠發現那紙邊（用「螞蟻度量標準」來衡量）是個「近似懸崖」之處，也就是說牠發現的是厚度，而不是（至少不僅僅是）「寬度之盡頭」。厚度不就是第三維嗎！從另一個角度說，螞蟻絕對不是「二維動物」，牠自己的身體便是三維乃至四維的。假設紙上還有一隻螞蟻，二者相遇，牠難道知覺不到對方的「身高」嗎？所以，作爲螞蟻，那張紙對牠來說並不是一個二維的平面，而是一塊極其平坦、廣闊的「高地」。請問，我的上述質疑對不對？

2. 用「徹底微觀」的「眼睛」去「看」，可不可以說「二維世界」的「厚度」爲一個量子？而「奇點」也就是一個量子？或者是二者皆不可量，即二者皆等於「無」？

3. 我是由於涉獵舞臺美術理論而稍微瞭解一點「四維世界」的。在「舞臺美術視野」裏，幕布（包括「太上板」、「守舊」即舞臺後壁的畫圖板或繡像幕）以及投影螢幕景、繪畫景，都屬於「二維景」。而舞臺美術與繪畫藝術的最大區別，即在後者只處理二維形象，前者則必需處理三維（實爲四維）形象，所以，舞臺美術工作者考慮的必須是「空間問題」（包括「時間問題」）。從這個角度去「理解」把三維「展開」爲二維的問題是很「容易」的：麵團被擀成薄餅就是；把三維景用透視法畫成可以亂眞的平面景也是（可是一旦有演員的「三維」身體作參照——加上行動，第四維也顯示出來了——這平面景的立體性就會穿幫）；推而廣之，攝影也可視爲一種「展開」或「擀平」。然而，上述理解都局限於「凡人視野」，連「螞蟻視野」都不如，因爲在螞蟻的知覺裏，薄餅和繪畫景的畫布再薄，也是有厚度即第三維的（我理解平宇說的「做不到」的「無窮薄」和「無窮多」，就是從另一方面講了這個問題）。而這「凡人視野」和「螞蟻視野」又都不是「理論物理視野」或「粒子理論視野」或「相對論－量子論視野」，因爲在這種視野裏，高維「展」爲「低微」，乃是物質結構的一種（理論上的？）「質變」，用語言學和文學評論的辭彙說，乃是（理論上的即尚無法實際操作的）「解構－重構」。這種理解對不對？

斯年 1.16

（十一）

斯年兄：

眞的很佩服你的思考和邏輯性。歷史上偉大的文學家、哲學家、藝術家……都不遜於物理學家和數學家，或者神學家。

1. 在研讀現代，特別是當代「理論物理學的前沿科學」時，需要常常用

「哥德爾不完備定理」去聯想，就可以釋去自己的疑問。該定理的第一定理是這麼說的：「任何一個允許定義自然數的體系必定是不完全的：它包含了既不能證明爲眞也不能證明爲假的命題。就是在形式上說無法證明『A=非 A』爲眞但也不能證明『A=非 A』爲假。」

第二條是：「任何相容的形式體系不能用於證明它本身的相容性。」弦論好像就有這樣的問題，還有宇宙大爆炸等等。

2. 生物的世界都是三維的空間世界，加上一維的時間世界。昆蟲都是有眼睛的，或單眼、或複眼，螞蟻也是，螞蟻也生活在三維空間裏，嗅覺的氣味是分子的結構，分子本身是在空間擴散的。人天生帶有前庭器官的三維定位測量器件和處理系統，螞蟻有一套比人簡易得多的感知體系，它也有腦，有神經元，有神經元的網路計算系統，好像螞蟻有 50 萬個神經元（數字記不清了），它是處理各種信息，包括空間信息的。

3. 對於點的定義，數學上定爲「0」，零維，零大小，零品質，而線段又是由點組成的——這本身就是悖論。無窮多個 0，結果應該還是 0，故有老兄把它想像成了「二維的厚度是量子的厚度」——這是文學家的「迂」：沒有厚度是不可思議的。但這是抽象的數學的設定，包括奇點。0 之所以被人們接受，因爲我們的視網膜上的成像，如果小於 2.5 微米，就什麼也看不到了——這就是我們所感知的 0。事實上，一張紙如果放得很遠，我們看不到它的厚度，而且也不影響我們的觀察，這時它的厚度就是 0。

這種視覺上的局限性是必然的，你如果用望遠鏡看到了紙張的厚度，那此時你的視野就會是很小的。

（同樣，鏡子裏的像把大科學家都給騙了，這個案子什麼時間能翻過來，也不是一件容易的事情，我們有另一種經驗。）

4. 高維的結構展開成低維的例子，其實我們每個人都有。當我們的基因以染色體的形狀存在於細胞中的時候，它被壓縮了 8400 倍。事實上，每一次壓縮就增加了一維，究竟增加了幾維，我得查一查。當基因表現爲染色體形狀的時候，你根本看不到基因會是一個雙螺旋的長鏈（本想用一個物理學家講弦論和一個生物學家侃基因的科幻形式，來對比兩者的相關性，也會是挺有啓迪的，但寫起來比這樣的實話實說要難得多）。染色體（顯微鏡下）最終展開爲一個長鏈（也是顯微鏡下），而基因鏈本身對人又是有大約 2 萬～2.5 萬個基因（每一個基因，可以認爲是一維，確實也是如此）。每一個基因又有上千、上萬個城基對……如此說來，弦論的 11 維根本不在話下。眞實的世界遠比人類所認知的要複雜的多，所以我感到有些純理論的科學人員，更需要從一些實用科學中汲取營養，接上地氣。

小時候，只知道學問有三類：「天、地、生」，這樣的分類可能比現在的分類更接近眞實的世界，而所有的學科都是探知的手段；人類的天才的表現，包括科學、文化、藝術等等，只是「天、地、生」凝聚在一個實體上的綜合的體現。這個實體在不斷地輸入，又在加工後不斷地輸出——人們將此稱爲「天、地、生」的靈氣——這裡遵循著一條基本的原理：「宇稱守恆」。我是將「宇稱不守恆」回歸於「宇稱守恆」，我覺得只有這樣，人類的認知哲學才會上升一步。

（寫到此口出妄言，此件只發斯年兄。）

一半 / 1.17

（十二）

謝謝！關於 0 維「厚度」的問題，前信發出之後自己再反思，也認識到此說局限於「螞蟻視野」，會貽笑於理論物理學家、數理學家等大方之家的。

讀了吾兄的答覆之後更加覺得，西方的抽象數學思維，至少在把 0 和奇點「抽象」爲「無」這一點上，確實和中國的道家、印度（及「漢化」後）的釋家是有交集的——這是思想方法上的交集，而不是互可替代。由此又認爲，上次轉發的王令雋〈朱清時院士的佛教物理學〉一文對「互相取代傾向」的批評是中肯的，但是絕不可以忽略現代科學與包括宗教哲學在內的古典哲學在思想方法上的繼承性和交集性，我之所以曾發引有魯迅〈科學史教篇〉相關論述的信，用意即在此也。

斯年 1.17

附：重發轉引〈科學史教篇〉的信（按此信開頭所說「數學家」，是裕群的朋友）

非常感謝裕群轉發的這位數學家的長信！他講到哲學、邏輯學和數學的關係，尤其發人深思。

我曾爲注釋《魯迅全集》化過不少工夫，魯迅 1908 年所寫的〈科學史教篇〉可能是中國最早的科學哲學論文，其中有這樣一段評論希臘－羅馬哲學的文字：

……而思想之偉妙，亦至足以爍今。蓋爾時智者，實不止啓上舉諸學〔註 2〕之端而已，且運其思理，至於精微，冀直解宇宙之原質……其說無當，固不俟言。華惠爾嘗言其故曰，探自然必賴夫玄念〔註 3〕，而希臘學者無有是，即有亦極微，蓋緣定此念之意義，非名學〔註 4〕之助不爲功也。（中略）而爾時諸士，直欲以今日吾曹濫用之文字，解宇宙之玄紐〔註 5〕而去之。然其精神，則毅然起扣古人所未知，研索天然，不肯止於膚廓，方諸近世，直無優劣之可言。

這段話講的正是哲學、邏輯學與眞正意義（近代意義）上的科學之關係。希臘羅馬時代，「科學」「哲學」不分，當時的不少「科學見解」（例如認爲宇宙原於水，或氣，或火等）已被後起的近代科學「證僞」了，這主要是因爲希－羅智士無邏輯之助（應該還包括實驗設備與手段之缺）而導致的。儘管如此，華惠爾（和魯迅）依然認爲作爲哲學，希－羅文明精神絲毫不比近世差。記得恩格斯在《自然辯證法》裏幾乎用同樣的文字贊賞過希臘哲學（評價好像還要高）。這是很有意思的。

斯年 1.15

（十三）

我一直覺得老兄代表了一部分有哲學思想的文學界人士的思維方法，特別是講到：而這「凡人視野」和「螞蟻視野」又都不是「理論物理視野」或「粒子理論視野」或「相對論－量子論視野」，因爲在這種視野裏，高維「展」爲「低微」，乃是物質結構的一種（理論上的？）「質變」，用語言學和文學評論的辭彙說，乃是（理論上的即尚無法實際操作的）「解構－重構」。

其實，所有的視野，都有共同性的、特別是「解構－重構」這個詞組所代表的過程，我理解它描繪了人類文化的整個發展過程。動物是有限度的「解構－重構」的迭代，人類是不封頂的迭代過程。所以，兄所言「絕不可以忽略現代科學與包括宗教哲學在內的古典哲學在思想方法上的繼承性和交集性，我之所以轉發魯迅〈科學史教篇〉相關論述，用意即在此也」，是講得很到位的。

〔註 2〕上舉諸學，指 Pythagoras 之生理音階等等。
〔註 3〕玄念，即概念。
〔註 4〕名學，即邏輯學。
〔註 5〕玄紐，指眩亂難解之點。

在論述思維過程時，一直想找一個合適的辭彙來說明思維的要點。實際上，神經元網路時時刻刻都處於「解構－重構」的狀態。怎樣證明呢？我那本有關腦科學的英文書上，在給一個實驗對象看不同的照片時，跟蹤左邊海馬中的一個神經元，87 張照片中有 30 張有反應，其中有 7 張反應強烈。單個神經元也存在「解構－重構」的狀態，當然，這個神經元也是在神經網路之中的。眼底視網膜的成像，也是這個過程，神經生物學稱之爲光致異構化效應……等等。

想到哪裡就聊一聊，妥否？。

一半／1.17

（十四）

一半兄並諸位齋友：

昨天和幾個親戚去泡咖啡館，開始讀《三體》的第二部。作者在這一部的序言裏，借一隻往墓碑上爬動的褐蟻的「視角」（包括「聽覺」——它聽到的是超出牠的理解力的兩個「巨大存在」發出的語聲），來描述兩位掃墓者的對話。

從文學的（敘述學的）角度看，這寫法很有特色——採用了雙視角的敘述法，即以敘述者的視角「統率」被（敘述者）「消化」過的褐蟻視角（這種視角也被稱爲「人物眼睛」——這裡的「人物」是隻螞蟻），因此也就遮罩了敘述者視角的全知性（從而突顯了「敘述者」與「作者」的差別）。

從科幻角度看，其中蘊涵的科學成分肯定能從你們那裏得到共鳴乃至贊賞，特舉三個要點如下（我認爲有意思的詞語，均以黑體標示之）：

1. 講褐蟻往墓碑上爬時，敘述者說：這是「沒有什麼目的」的，「只是那**小小的簡陋神經網路中**的一次**隨機擾動**所致。這擾動隨處可見，在地面的每一株小草和草面上的每一粒露珠中，在天空中的每一片雲和雲後的每一顆星辰上……**擾動都是無目的的，但巨量的無目的擾動彙集在一起，目的就出現了**。」

2. 寫褐蟻在墓碑所鐫墓主生卒年數字（「1979」的第二個「9」）凹槽裏的爬動及其認知時，敘述者說：牠覺得「9」這個形狀「比『7』和『1』好，好在哪裡當然說不清，這是**美的單細胞態**；剛才爬過『9』時的那種模糊的**愉悅感再次加強了，這是幸福的單細胞態**。」但「**這兩種精神的單細胞沒有進化**

的機會，現在同一億年前一樣，同一億年後也一樣。」

3. 寫褐蟻爬到墓主名字的字形凹槽時，敘述者說：「褐蟻對形狀是敏感的，它自信能夠搞清這個形狀，但爲此要把前面爬過的那些形狀都忘掉，因爲牠那小小的神經網路存儲量是有限的。它忘掉『9』時並沒有遺憾，不斷地忘卻是牠生活的一部分，必需終身記住的東西不多，都被基因刻在被稱做本能的那部分存貯區了。」

希望聽到大家對以上「書證」的評論，其中包括「螞蟻認知」和「螞蟻審美」裏是否摻入了人類知性和人類美感？

斯年 1.18

（十五）

斯年兄並各位：

讀完「書證」以後，發現有三位主角：螞蟻、敘述者、咖啡「三體」品嘗者，三者一個比一個用心。螞蟻是精神單細胞；敘述者是精神雙細胞；品嘗者是最高境界的精神仨細胞。這好像也構成了一個三體。三體問題，只有近似的解，先發言的「評論」也只是第一次的近似而已，肯定不到位，請各位逐級作更高次的近似。

文學上的這種寫法，經斯年兄解說，確有獨到之處。

（一）「螞蟻認知」和「螞蟻審美」不只是「摻入了人類知性和人類美感」，而且從根本上說和人類是一致的。一個螞蟻大概是有 50 萬個神經元（不是很準確），但牠們是群居的一個整體。如果一窩有一萬隻，那就等於有 50 億神經元。所以一窩螞蟻，可以看成是一個大腦，它們的大腦以 50 萬神經元進行分區，分成 10000 個社區。我們人類的大腦的布羅德曼分區爲 52 個（以腦細胞的形態來分類），更小的分區大概也不會少於 10000 個（我的科幻）。

（二）「擾動都是無目的的，但巨量的無目的擾動彙集在一起，目的就出現了。」這一句寫得非常符合哲理，特別是對於「死磕」的、幼稚的人們是一個啓迪。現時代精明的政治家，大概都明白一個道理：「巨量的低層次自私的戰爭行爲的擾動，彙集在一起可能成爲一場毀滅性的戰爭」。

從另一方面說，宇宙裏有一套規則在起作用。氣體的分子運動沒有目的，但它有潛規則，這就是佔領更大的空間。大家都是如此，於是統計物理學就把氣體的分子運動都概括進去了。

從我們誕生時開始，神經元的無目的的擾動，最終給我們帶來了智慧。

（三）「9」的「愉悅感」有天然的因素，它和「6」等同於太極圖中的陰陽魚，人們看了都有一種特殊的感覺，寫起來手有特殊的美覺。

（四）「美的單細胞態……幸福的單細胞態。精神的單細胞沒有進化的機會」，這一段似乎寫得沒有科幻的力量。單細胞生物之所以沒有進化，是因爲它們的細胞結構過於保護自己，而缺少了擾動、變異的活力和共生、共榮的親和力。單細胞除去自己的細胞信息，構不成新的進化的信息——自然它自己就把握不到機會，而不能歸結於沒有機會。精神所代表的就是神經細胞的合作和共生，它不能爲單細胞所接受和理解。

一半 / 1.18

（十六）

昆蟲中的蜜蜂，蒼蠅都有複眼，很多小眼睛合成一隻大眼。一半兄把一窩螞蟻看成一個「複腦」，這個科幻猜想很有意思。只是這個複腦是如何形成統一意志的？

上海的踩踏傷亡悲劇就是起於一個個隨機的擾動，也可說是一次蝴蝶效應。如果當時能統一步伐，一二一，起步走，就沒事了。

我從廈門，上海走了一圈回來。上海這次給退休人員加退休金很快，很乾脆，還有短信通知到個人，也許是減少擾動的措施？不管怎樣，是「正能量」。

耀文 1.18

（十七）

一、一半兄忽略了另一個「者」，即躲在敘述者和螞蟻（第二敘述者）背後的「作者」，喝咖啡的只是一個讀者罷了。所以細分起來，這是一個「四體結構」，也是文學閱讀、藝術鑒賞這種精神活動的常態結構（一半把它歸結爲三體是對的，因爲作者和敘述者可以視爲一體）。

二、一窩螞蟻的「這個複腦是如何形成統一意志的？」耀文的問題極有深度和啓發性。對於「螞蟻社會」，好像有許多生物學家和社會學家做過研究，可惜我沒讀過他們的論著。我只能提一個「淺層猜想」——這窩螞蟻是通過信息交換來使「單腦」組合成「複腦」的。這樣便出現一個「深層問題」：指控性的「初始信息」是由哪個螞蟻發出的？信息交換有沒有一個總操控者和總操控臺？從社會結構上看，蟻后自然居於中心地位，但從信息論或控制論的角度考察，蟻后可能並不居中心地位，因爲生物老師告訴我們：除了吸取優等營養保證大生其孩子外，她老人家是不管其他事務的。那麼，螞蟻們（生物老師又告訴我們：幹正經事的，主要分爲兵蟻和工蟻兩大群）玩的是不是「自主性」的「群操控」呢？這裡是否又會涉及高等物理－數學的理論（例如混沌理論、控制論之類）呢？看來沒有數學，生物學（還應加上社會學）眞的不能成其爲科學了。

三、《三體》作者（我在這裡用「作者」一詞，以強調下面的觀點屬於他本人）說褐蟻對「9」字形態的第一感知屬於「美的單細胞態」，其疊加感知屬於「幸福的單細胞態」，請問：這裡是不是指褐蟻的這種美感和幸福感僅僅存在於牠的單個神經元裏，是一種「封閉性」的感知（或者存在於其 50 餘萬個神經元的某些神經元裏，這些神經元的感知也是封閉性的）？而這能夠感知美與幸福的「褐蟻神經元」，也就是作者說的「精神的單細胞」。他要說的是：作爲褐蟻的神經細胞及其功能，是「沒有進化的機會的」。這與一牛兄所說「單細胞生物」的進化，恐怕不完全是一回事。我理解，作者是講褐蟻的美感和幸福感固然與咱們有相同之處，但是又有不同之處。「開放性」之有無，就是一大不同。請問這樣理解是否科學？

四、和我們一起喝咖啡的就有上海來的親戚，他們也證實了耀文關於這回退休金加得很乾脆的信息（已經發了好幾年的牢騷啦）。這「正能量」的爆發，確乎隱含著對於「大擾動」的恐懼。我看，某種形式的「大擾動」還是會來的，這種「正能量」與它的關係本身就是一個值得社會學重視的研究課題（肇明兄轉發國務院關於公務員、事業單位及其離退休人員調整工資的文檔證明，以「正能量」防「大擾動」乃是全國部署），或許也和螞蟻社會存在某種聯繫（包括物理－數學聯繫）？願聽諸位高見。

斯年 1.19

（十八）

斯年兄在（三）中所說，應該是作者的原意。「單細胞態」如何解釋，不太明白。

至於「一窩螞蟻的『這個複腦是如何形成統一意志的？』耀文的問題極有深度和啓發性」。確實如此，我感到，螞蟻社會是我們大腦社會的一個很低級的雛形。對它的解釋，應和回答我們自己的大腦是如何形成統一的意志，性質上差不多。斯年兄就好像已經說到位了，小弟也只能是泛泛地說說，似乎和數學上的群論、集合等高深的數學理論相關——腦細胞之間有通訊，螞蟻之間也有通訊，這大概不會錯。人對螞蟻的研究證明，牠們有三種通訊方式：氣味，報告覓食的路線；清脆的聲音，表示食物好；粗放的聲音，表示危險和求救（聲音是提供振動信號）。神經元之間有化學引導物質和生長錐之間相向而行，以形成突觸的連接。至於每一次活動的目的性和是否有什麼類似於管理體系存在，就不知道了。像神經元這樣的高維度的世界、腦中有著多分區的網路世界，數學要怎樣才能介入呢？實在猜不出來，最多我也只能在初等數學的圈子裏轉轉而已。

就「書證」的幾個問題看，《三體》應該是寫得很有意思的一部科幻著作。

一半／1.19

（十九）

一半、平宇、耀文兄並諸位：

再提幾個在你們看來也許十分幼稚的問題——《三體》裏面寫到：那個距離地球若干光年的半人馬座三星世界，向地球派出他們的一支太空艦隊，由於他們的技術尚不能使航速達到光速，所以要四百多個地球年後才能到達咱們這裡；而中國軍方馬上（即於 21 世紀初）便開始建立一支將於四百年後投入使用的太空艦隊了。請問；

1. 這裡的時空概念是否體現著廣義相對論的時空概念？像我這種看不懂高等數學公式的人，對它的理解是：咱們的「現在」和他們（半人馬座世界）的「現在」，其實相隔 4 光年或四百多地球年的時間，而這時間也是空間（首先體現爲距離）。如果以地球爲一個點，以半人馬座爲另一個點，以兩點之間的連線作爲弦，則相對應的弧度是否就是地球與人馬座之間的時空弧度？〔註 6〕

2. 如此說來，地球上存在的時差，是否亦即這種時空弧度的「微觀形態」？

3. 11 維也好，N 維也好，所謂「維」是否僅僅是一種度量標準，它們與「奇點」一樣，只是一種「理論存在」？我們用幾何概念去解釋它們，是否屬於一種「通俗」而並不「完整」、準確的解釋？我在前面的信裏提出「量子

〔註 6〕 按對於這個問題和下一個問題，大概因其過於幼稚之故，後來他們一直沒有回答。

厚度」的問題，好像就是上了「幾何解釋」的「當」，對不對？

斯年 1.20

（二十）

這幾個問題同樣也是我的問題。平宇、耀文都是科班物理，可否回答一下。宇宙的時間，我一直未搞明白。還有宇宙的邊緣在哪裡？既然 140 億光年是宇宙的起源的邊緣，那我們這裡相對於那個邊緣不也是邊緣嗎？要不我們就處在宇宙的中心，是嗎？宇宙存在同時性嗎？——這算在斯年兄之後追加的一個問題。

一半 / 1.20

（二十一）

關於「維數」，是指確定空間位置所需的座標數，這是最初的概念，到「分形理論」問世，用拓撲方法定義維數發展到以自相似性來度量維數，有了新的定義（當然是能相容舊定義的）。比如正立方體可分成 8 個相似小立方體，尺寸（邊長）是小立方體 2 倍，其維數就是 8 的對數除以 2 的對數，等於 3。這樣定義後就會有分數維和 N 維。維數是與自相似性相關的，反映一定的空間性質，一般非專業人士能明白這點就夠了。

時間的概念與運動或變化相關，一個靜止不變的世界是沒有時間的。也可說時間是熵變的方向，而熵實質是無序性的指標。

在一個以接近光速飛行的飛船裏，時間變慢，在裏面的人過一天，地面上的人已過一年，但兩個系統的人對自己生命的時間感覺沒有不同，不能說飛船裏的人更「長壽」。好比蟻巢裏的螞蟻不會覺得比三房四房裏的人住得差。

沒看過《三體》小說。物理上「二體問題」（如月亮和地球）可用牛頓力學精確算出其運動的軌道，一切是確定的，一旦到三體問題，就極其複雜而不確定，到 N 體更是如此。人類關心太陽系的穩定性，確定性，遺憾的是複雜的宇宙沒有絕對的確定性。

分形的發現使我們理解，雖然世界很複雜，可「上帝」只要用很少的信息和規則就能創造出這千變萬化的複雜世界。能明白這點就夠了。

我還是相信宇宙是無限大的，無限就沒有中心。

耀文 1.20

（二十二）

耀文的解釋很好。

「我還是相信宇宙是無限大的，無限就沒有中心。」——這表明科學最終也會導致信仰。

一半 / 1.22

（二十三）

各位：又一篇關於數學和科學的論文（見附件）。

作者是我的同學和同事。結合他工作中遇到的問題來闡述，讀起來饒有興味。

沒有一個論斷可以成爲結論，事物和認識的多樣性在我們的討論中呈現出來。

大家從各個不同的視點發表觀點，似乎越來越趨於全面、完整。

我覺得這樣的討論是非常有意義也是非常有趣的。

也許，還有高明的見解沒有表達出來。盼望新視點爲大家開闊眼界！

裕群 1.26

附件：關於數學和科學

馬克思的一句名言：科學只有成功地應用了數學的時候，才算達到了完善的地步。一部科學史表明，任何科學都在演化過程中產生自己的專門進行定量描述的分支學科。

但是現實世界非定量描述的事物和數學不能解決的問題遠大於科學能表達的事物。

從我經歷過的實踐中想說一下數學的能與不能：我既搞過「反應堆控制」也搞過「天氣預報」，鄧稼先能計算任何幾何形狀邊界條件的原子彈核材料的臨界體積，可是天氣預報的數值計算準確率還是很低，雖然他們的數學表達方程是一樣的，都是 4 維（xyzt）微分方程。

有趣的是凡是和軍工有關的項都近似於理想的線性假設，如導彈，衛星，原子彈等。而民用系統如天氣預報，氣體的可壓縮性，不僅使線性假設不存在，係數還是時變的和隨機的，化工廠的催化劑使化學反應附加了不可控、不可測的內能源，數學上叫奇異點。

現實問題中有些非線性是可以用線性近似的方法解決的，如衛星軌道計算，用 100 多個高階近似係數，軌道精度可達 10cm 以內。可是我所遇到的自動控制系統，傳遞函數都是用低階線性近似的，只能大體上確定實驗方向，精調和細調時，由於各種非線性的出現，數學是無能爲力的，有用的是工程師的經驗和仿眞實驗技巧。

由於數學和科學的結合，使數學成爲我們認識世界的最強有力的工具，也由於現實世界中理想的線性假設大多不存在，使我們在改變世界時，必須使用更多的工具，如風洞，仿眞技術等。我們科技大學自動化系就教給我們理論和實驗兩套方法。

經過幾十年的發展，數學上非常美的矩陣方法在工廠仍敵不過 PID 調節器，例如：在鎮江蓄電池廠，我們做了鉛粉機的自適應控制，其一是用模式識別加自適應完成的，有非常美的矩陣計算，結果是它可以工作但不能達到性能要求，如何改進則失去了方向，原因是矩陣計算經過行列的互乘再疊加後沒有了任何物理意義，工程師找不到任何調整的方向，要用電腦仿眞則是實驗次數要∞次，任何拉丁方塊實驗法也無法完成。數學上完美並不能保證現實中有用。這個問題我在多次會議上請教過很多高人都無法解決。

我對科學與數學的思考源於我校的名人——方舟子，他把科學的要素歸納爲有數學描述，有定量數據，可以重複驗證三項，沒有就是不科學，中醫一個都沒有，當然是不科學的。可是我覺得能用數學解決的問題少之又少，模糊的表達有時遠比精確地表達更精確，當系統的子系統有無限多的時候，對子系統刺激的反應是不可重複的。方舟子太年輕了，沒有進入「智慧」領域，他堅守的科學要求是阻礙科學發展的。

離開科技大前，我的研究方向是「智慧控制」，說到底就是用數學不能完成的控制，擺脫理想的線性假設的控制。

定量的控制在智慧控制的層次中是最低級的，越高級的智慧越抽象，越簡潔，越模糊。例如下圍棋，最低級的辦法是將 19x19=361 個點位，每位有三種狀態（黑，白，無）計算窮盡後選一個最好的點，計算量大約爲 3361，是無法完成的。而人的智慧叫大局觀，是一個非常模糊的概念，也是無法定量的，有了大局觀計算量就可以極大地減少。

人是怎麼識別圖像和聲音的至今還是個迷，早在 1983 年中科大生物物理系的陳霖（現在是院士）在「科學 Science」雜誌上用科學的方法否定了 MIT 電腦視覺方法，他說人看東西是由上而下的，先整體再細節，電腦是由下而上的，這種從像素到特徵的方法（是）不對的，也就是低智慧的，30 多年過去了還沒有進化到高智慧，人可以認識漫畫，機器還是不行。同樣在語音識別中，中科大的訊飛公司有全世界最好的語音識別系統，合肥的電話查號臺早就用電腦完成了，但是人是怎麼識別語言的還是不清楚的。顯然數學描述不了智慧的問題。

人的語言多是模糊的，爲了把人的語言變成電腦控制規則，才有了「模糊控制」，關鍵是用語言建立知識庫和由模糊到定量的轉換。爲此創造了新的「模糊數學」。

還有一個微觀和宏觀的問題，或者說細節和整體的問題。文化大革命中我到地質儀器廠幫忙解決「氦光泵式磁場儀」的控制問題，這是一種拖在飛機外面找潛艇的儀器，原理是測量氦原子自旋磁矩在磁場中的變化測量磁場，單個的氦原子自旋磁矩受外界磁場的變化的反應，應該是很快的，可是誰也沒想到非常多的氦原子自旋磁矩受外界磁場的變化的反應非常的慢，（用頻率法做輸入輸出分析）達到秒的量級。就是這個宏觀的黑箱分析方法的結果使我們把磁場測量精度提高了一千倍。1976 年我被借調到原子能所搞電子加速器，又產生了同樣的問題，電子品質很小，受力後很容易計算，但是極多的電子組成的電子束受力後如何運動？沒有人能回答，顯然和一個電子的運動是不同的。微觀是可以用數學計算的，而宏觀（電子束）是不可以的，因爲電子之間有相互作用。用控制系統的傳遞函數倒是可以，加速器的情況又是無法測量的，也不是數學描述。

中醫和西醫就是微觀和宏觀的關係，定量和模糊的關係。從宏觀的角度，模糊的語言能更快的找到人的病根，而微觀都測到了，是什麼病可能還不明白。微觀上抗生素絕對可以消滅細菌，宏觀上抗藥性的產生證明抗生素治病不科學，中國人主張人和細菌和平共處，陰陽平衡更科學。我在評審海洋局的科研成果時，驚奇的發現有人用 DDT（滴滴涕）作爲示蹤元素研究海洋，利用的是 DDT 的穩定性，據說 DDT 的發明是得了諾貝爾獎的，但是僅僅由於它不分解就從殺蟲劑變成了物種的殺手，這也是宏觀上不科學的例證，那麼怎麼評價 DDT 這個諾貝爾獎？科學本來就是有條件的和隨時間在進化的。

科學是有圈子的，錢學森在科大大禮堂講過如何寫論文，其中有一條是「不能有形容詞」，不能說非常快要說 xx cm／s，把科學用到日常交流會變得很無趣，不能把非常漂亮的大眼睛美女，說成眼睛有 3.1cm 大……我和搞數學的有過很多交流，我們的思維方式也不同，他們的問題是「明明是九階微分方程，你爲什麼只用兩階，太不嚴格了」，而他們不知道方程的物理意義，所以才有數學所的科學家給軍方講卡爾曼濾波器，需要我在中間做「翻譯」。

我不是哲學家，僅從工程師務實的角度看待「數學與科學」，不要神化，也不要絕對化。隨手寫來，覺得並不達意，也沒時間科學，定量，有根有據。本來也不是論文，閒談而已。

（二十四）

謝謝裕群又發來這樣一篇專家撰寫的關於數學與科學的好文章！作爲「數盲」和「科盲」，許多專業問題我都不懂，但是也有許多見解對我很有啓發，例如文中說的「越高級的智慧越抽象，越簡潔，越模糊。」「人的智慧叫大局觀，是一個非常模糊的概念，也是無法定量的，有了大局觀計算量就可以極大地減少。」還有對方舟子的評價和對中醫的評價等。方舟子、司馬南等斥中醫及陰陽說爲「僞科學」，似乎暴露了某種無知和邏輯上的悖謬——陰陽說和中醫本來就不是「科學」嘛，因爲它們產生時根本還沒「科學」這東西嘛，怎麼「僞」得起來！

斯年 1.26

（二十五）

斯年兄關於中醫西醫的分析很對。中國式思維往往是綜合性的，看整體，看關聯，西方式思維往往是解析性的，解剖入微，這在醫學上非常明顯。中西醫結合，中醫應當學西醫的檢驗方法，但不可丟失自己的「辯證施治」。外科學西醫，內科學中醫似會更好。

中式思維更重感覺，西式思維更重證據，邏輯。

某地鬧瘟疫，說是「神譴」，要祈神佑民，這是巫術；說是風水問題，要調整環境，這是玄學；說是某病毒造成，要抗病毒，是科學。中醫似乎介於玄學與科學之間，因爲是以經驗爲本的，所以是能治病的，有時比西醫更有效，「綜合治理」。

中國畫多爲「寫意」，西洋畫重「素描」，講「比例」「透視」。自然界的事物都是互相影響關聯的，常常是「模糊」的，在物理、數學領域，必須把研究對象「理想化」，「定態化」，「線性化」，「簡單化」（往往更能揭示「本質」），這是西式方法。中國人做事「差不多」「過得去」就行，和嚴謹的西式風格不同……造成文化，科學，品性諸多差異。

耀文 1.27

（二十六）

謝謝耀文的深度闡釋！我在上一封信裏談到中醫和陰陽說時，有一句話沒有講——「玄學本來就不是科學，何『僞』之有？」這裡毫無崇玄學貶科學之意，相反，我（我想也包括所有「文明人」）是十分尊崇科學和科學家的，而且確實覺得與他們相比，我們這些凡人眞的猶如「螞蟻」；但是，不能因此便否定傳統文化裏的精華，實際上它們與科學存在互補性，特別是從哲學範疇來看。僞科學是有的，就是騙術，也包括以科學名義兜售的非科學、反科學的東西（包括認識錯誤）。不過，反僞科學需要謹慎，別把好東西也反掉了（例如氣功，我認爲不應不加辨別地一棍子全掃倒）。

斯年 1.27

（二十七）

我很認同斯年和耀文關於中西醫的評論。

我一向偏愛和推崇中醫的理念和觀點。它是典型中國文化符號，它是中國認知、理念和文化的最佳體現。但是，我不認爲它「模糊」，它是很慎密、精確、辯證的；只不過它的認知是從整體出發，是有機、綜合性地將自然、宇宙、氣候、外在事物（氣候、時辰、植物、動物的各種特徵等）和人體的相互聯繫、相互作用非常全面地加以考察和分析，然後才給出一個比較確定的判斷，而且繼續不斷調整和修改治療方案的；更加巧妙的是，它幾乎完全不破壞人體原始的狀態，不動刀剪（除了少數外傷），非常尊重病者的尊嚴。

西方的認知是從細到大，比如寫信封，先寫姓名、地址，再到城市、省份、國家；說話也是「倒裝句」，先說具體事情，再說主體、地點、時間，和我們的思維方式相反；我們則是從宏觀出發，首先確定時間地點，給出大環境。

裕群 1.27

（二十八）

耀文並諸位：

收到耀文的答覆後，我馬上用手機發了一封覆函，表示要「消化」一番。

接著有央視紀錄片頻道的幾位導演，來向我諮詢拍攝涉及武俠小說史的一組專題片的問題，談了一天，接著又為他們收集、發送相關資料，所以這消化過程就延長了。現在報告一下消化的結果，請你們診斷一下，看看「積食」是否嚴重。

對我來說，不僅「拓撲」、「分形」這些知識近乎天書，就連「對數」、「函數」和「熵」的含義，也都還給老師了（我家大、小「政府」倒還記得一點，因而招來她們的嘲笑，說：「對數，不就是 Log 嗎？連這都不曉得！」）。為此，稍許補了一下課。首先明白了耀文介紹的關於維度的知識，「分形」維度似乎主要涉及「豪斯多夫維」，而我原來對「維度」的理解局限於線性思維。從閱讀文學作品特別是科幻作品的需要出發，我把耀文的解釋濃縮成四個字：「空間性質」。估計這四個字將會發揮出許多「正能量」。

關於時空的相對性，我自以為是基本理解的——地球上的「現在」與「三體世界」上的「現在」絕對屬於兩碼事。即便同在地球，此處的「現在」也不等於彼處的「現在」——子在川上曰：「逝者如斯夫」，講的就是這個道理。文學作品和文藝理論裏講的「共時性」，其實都是忽略空間差別的，例如，說劇場裏的舞臺演出活動與觀眾的欣賞活動是「共時」的，這首先是把劇場視為一個空間。其實，舞臺為一空間，觀眾席為一空間，二者存在距離，因而「演」和「觀察」到演（接收到舞臺信號），其實是有一個時間過程的，所謂「共時」，乃是忽略微觀差別的說法。

耀文沒有正面回答一半所提「宇宙存在同時性嗎」的問題，「側面」的答案需要我們也通過「消化」來尋求。不過，「宇宙同時」這個概念，似乎先要辨別它的含義：是指宇宙間同用一個計時標準（那就有「地球中心論」之嫌了）呢？還是指宇宙以及其間的所有天體都有「時間」（即都處於運動之中）呢？如指前者，答案當然是否定的；如指後者，答案應該是肯定的吧？這個「同有」的時和空，就是那個彎曲而無限的時空吧？

此信先彙報以上兩大問題，不當之處望即指正。下封信專門彙報作為文學專業的「分形」聯想。

斯年 1.26

（二十九）

在狹義相對論的座標轉換公式中，長度轉換中是含有時間因素的，這意味在「宇宙」的時空一體中，時間與空間是「你中有我，我中有你」的。現實生活中，當年抗戰「以空間換時間」，是一次應用。一群四光年外的外星人，要奔襲地球，地球人有四百年的準備時間，長度軸上的距離，化成四百年的時間。當然這是種比喻性的說法。

關於同時性，我想：一件事只發生一次是無疑的，某年某月某日張三誕生了，在任何座標系看都是這一次，這是「同時」的。至於是公元幾年幾月，農曆幾年幾月，民國幾年幾月，不同座標系有各自的說法。在一百光年外的星球上，看到張三出世是百光年後了，不能說張三出生了二次。

耀文 1.28

（三十）

插一句：宇即空間，宙是時間，宇宙應作時空體解，何來宇宙同時？

——肇明 1.27

（三十一）

謝謝肇明兄終於發言了！立「齋」以來，你發表的意見都很深刻，因而很受歡迎，可惜的是太「惜墨如金」。這次雖然僅僅插了一句話，分量卻極重。我在昨天的信裏覺得「宇宙同時」這個說法的所指，需要先辨析；吾兄則指出「宇宙同時」這個說法首先犯有語義學和邏輯學上的錯誤（當然也是認知上存在問題），因爲它等於說「空間和時間共有時間」。不犯邏輯錯誤的說法（也是正確的認知），是否可以改爲「時空同體」或「時空一體」呢？但這可能已非一半本意。

需要說明的是：一半兄在 1 月 20 日函中提的問題爲「宇宙存在同時性嗎？」我把它概括成「宇宙同時」，這一概括本身可能就摻有誤解，因爲「同時性」不等於「同時」（「同時性」倘若=「共時性」，則還有心理學的解釋）。還請一半也撥冗加以闡釋和辨正。

斯年 1.27

（三十二）

斯年、肇明兄並各位齋友：

各位的討論很熱鬧，特別是肇明兄一語道破了天機，這樣，我對自己提出的問題，也就有了自問自答之勇氣。

「時空同體」或「時空一體」\「宇宙應作時空體解」，應該都是成立的。按照愛因斯坦的廣義相對論的方程和論述，宇宙本身是不均勻的，因此宇宙內部的時空曲率也是變化的。黑洞（尚未證明的存在）裏是一片死寂，沒有光，也沒有時間。

我之提出「宇宙存在同時性嗎？」這一問題，出自兩個科學家的相關實驗和論述：

一是，天文學家所觀察到的140億光年以前的宇宙起源的輻射，是說明這個輻射和現在的宇宙是同時存在的，還是不同時存在的？按照霍金「宇宙是有限而無界」的解釋，我們這裡也應該是宇宙的邊緣，因此我們這裡接受到的輻射也走了140億光年的旅程了。按照耀文的解釋，宇宙爲無窮大，那麼140億光年也是一個可以忽略的時光和歷程，也就無所謂時間。它沒有起點，也沒有終點，只有一個人們感同和理性化認知的時間和空間，也就是牛頓《自然哲學之數學原理》立論一開始的那句話：「我沒有定義時間和空間……因爲它們是人所共知的。唯一必須說明的是，一般人除去通過可感知客體外無法想像這些量，並會由此產生誤解」。

牛頓的偉大在於，他只是說「一般人」，即只有一般人認爲：「宇宙裏的時間是同一的，是絕對的」。愛因斯坦的相對論顛覆了這一觀念：時間不只是隨著觀察者的運動狀態的不同而改變（狹義相對論），而且也隨著觀察者的動力學狀態的變化而改變（廣義相對論）。後者正是肇明和斯年兄的「時空一體」說，亦即：我們每個人都生存在這地球上的時空舞臺上，同時我們也爲這個時空舞臺的搭建作出了自己的貢獻。我們每個人離開這個世界的不同方式，也會像一縷炊煙一樣，讓身邊的時空引起有著絲微差別的彎曲變化。

二是宇宙起源於「奇點」的大爆炸說，和霍金的「宇宙是有限而無界」的論述是一致的。霍金將可視宇宙比爲一個三維的宇宙球，有如地球的表面一樣，你在地面走，永遠也離開不了這二維的地球的表面，因此它是無界的。宇宙是四維時空的存在，他按照拓撲原理推論，四維的介面則是三維的球——這就是我們現在的可視宇宙，永遠在其中，而走不出去。

我之所以提出「宇宙存在同時性嗎？」這一問題，實際上是對霍金的這一論述的質疑：也就是說，當愛因斯坦用四維時空來描述宇宙的時候，就已經不再沿用牛頓的絕對時、空的觀念。而時間這一維和空間的三維中的一維是等價的嗎？我不知道。起源於空間特性的拓撲原理，是不是可以將時間這一維變成和空間相等價的一維來處理呢？這是值得深思的大問題！！

在所有現在流行的「若干維的創世理論」中，高深的數學、物理的推演，往往使人們的普通的直覺難以介入這些超常的思維，所以提出了「宇宙同時性」的問題。上述分析是否成立，仍請各位給予指教。

一半／1.27

（三十三）

斯年兄：

接著上次的討論寫這封郵件，繼續談自己的想法。

對於「思維」，傳統地認爲有「形象思維」和「理性思維」（或曰「邏輯思維」），實際上這是指的神經元網路的運動所遵循的法則：

形象思維所遵循的是客觀世界的「形的法則」——如「水往低處流」，「水有源，樹有根」，「麻雀雖小，五臟俱全」，動物的「左右對稱」——形象思維法則的核心是「宇稱守恆原理」，這也是動物思維的法則。

邏輯思維所遵循的法則，也是客觀世界的形（廣義的形）的一些可比較的規則，如形的大小序列、數的排列序列、時間的先後序列、音調的陞降序列，全等、等同和相似的程度差別，盛酒和水的工具都是圓桶、圓瓶等等——邏輯思維的核心是「公理法則」，這也是動物所能感覺到的，但不能用語言表達出來。

理性思維應該包含兩部分：

一是邏輯思維，人類構成了一套用語言表達的邏輯關係，它很自然地引導和主宰思維活動，但它不構成人類的理性思維的全部，故有其二；

二是以語言爲代表的「文化思維」，錢學森曾經將其稱之爲「社會思維」，但他後來又取消了，改成了「創造思維」或曰「頓感思維」。創造和頓感都是思維的結果，不是思維的本身，故我傾向於前者，但覺得稱「文化思維」爲宜。

「文化思維」可以解釋成「廣義的語言思維」——實際上也是如此。所謂不同的宗教信仰、不同的民族習慣，理工、文史、藝術等等之隔行如隔山，皆起源於文化的差異，而文化的差異又具體表現在語言和文字所表達的思想、意識形態和外在的「形和象的差異上」。

所以，影響人們思維最大差別的是思維積澱起來的文化差異——具體的體現就是語言。這就是民族的語言、宗教的語言、古代的語言、現代的語言、音樂的語言、美術的語言、數學的語言、物理學的語言、生物學的語言、細胞學的語言、電腦的語言、工程繪圖施工的語言等等。這就涉及到語言不只是「邏輯思維」，它是人類對信息進行加工、集聚、壓縮和多維化的象徵。「抽象」一詞對語言的概括，需要進一步的解釋，語言是人類思維的外顯的成果，語言的結構多少是神經元網路結構的外部映像。

為了能較為深入地論及思維與語言的關係，小弟必須補充學習「語言和語言學」的知識。請兄給予指點：

一，如何補習？

二，可否推薦一本適用而能買到的教材或蘇大的講義？（我們這裡的書店沒有此類基礎書籍。）

又令兄費心，謝謝。

一半 / 1.28

（三十四）

耀文並諸位：

現在彙報我的「分形聯想」。

我的閱讀進度，目前仍止於《三體》第二部的開頭。至此已經發現，作者展示了一個可以稱之為「文明疊加」的科幻世界——這裡的「文明」一詞，或亦可以改成「時空」、「空間」、「維度」（即「**空間性質**」）等？為了簡化，我把它們分為兩類：「實境」和「幻境」。需要要加以說明的是：文學作品都有虛構成分，在此意義上，文學作品中絕無純粹的「實境」；這裡說的「實」，指的是：1、故事時間為確定的、實在的，而且讀者是「共處於其中」的；2、故事空間也是確定的，與讀者是「同地」的。

小說裏的這個「實境」，就是從文革到 21 世紀初（即時間）的中國（即空間）。它又分為兩層：「**實境 1**」為普通中國人生活的環境和狀態，大概以電腦之普及為其「文明標誌」；「**實境 2**」為同一時期中國的高科技領域（大概相當於一半、美康、妞妞他們曾經生活、工作的環境），這領域普通人不能置身其中，但它是確實存在的，此「境」的「文明標誌」包括配備射電天文雷達的二炮基地、納米技術的產業化等。

前信報告過，小說第二部序言曾以褐蟻視角描寫掃墓人的對話。這屬於

「敘事策略」，但是爲了建立「參照體系」，我把這個「褐蟻世界」也列爲「文明疊加」的一個層次，即「幻境 1」。

「幻境 2」很特殊：就時空而言它並不「幻」，而是與「實境 1、2」相同的；其「幻」幻在「文明標誌」上，包括實現與外星文明的對話，小美女可以持著一個 1500 噸當量的「核彈鋼球」往來自如，拉起多條納米絲可將七萬噸的大海輪切成若干片，等等。

「幻境 3」則是那個半人馬座的「三體世界」，其文明標誌包括能將 11 維的質子「展開」9 維，從而將它「改制」成「智子」等等。

下面以表格展示上述「疊加」層次（空行表示未讀部分中或許還會寫到的其他文明）：

時、空	相應之「境」	文明標誌
半人馬座三體時空	幻境 3	「智子」等
文革時期至 21 世紀初的中國（兼及同時期地球上的其他空間）	幻境 2	幻想的高科技（實現與外星文明對話，可手持的一千五百噸當量核彈鋼球等）
	實境 2	眞實的高科技（如射電天文雷達等）
	實境 1（中國普通人的生活環境）	電腦之普及等
相當於 21 世紀初中國	幻境 1（即「螞蟻境」）	無文明

說明：空格待塡、待增，因爲沒讀到的內容包含若干其他「幻境」，時間則已進入未來世。

對於作者來說，要在如此複雜的時空裏展開故事，是個極其巨大的挑戰，我認爲最困難的是如何處理不同級次文明的「相遇」？其中最難的又是如何處理「幻境 2」與「實境 1」的「相遇」，因爲相遇的時、空乃是**確實**的，乃是讀者身處其中的「當代中國」；也因爲對於這種「相遇故事」，讀者擁有一個特別「堅實」的「挑剔參數」，即自己生活其間的實境。正是這種「敘事困境」，促使我於閱讀時經常在腦海中跳出「分形」一詞——此前裕群轉發的凱芬教授談及分形的書信和耀文發送的分形畫圖以及他對分形的解釋，促使我去接觸了一點這方面的常識。

上述「文明相遇」的「困境」首先在於「度量尺度」的差別，我知道這正是分形被發現的導因之一。「自相似」和「迭代生成」是分形的兩大原則，而「相似」有別於「相同」，所以「自相似」又意味著某種「自不同」。《三體》展示的是一個非常龐大、複雜的「非線性無規分形結構」，以上所列的每一個「境」，都可視爲一個「單位區間」，而每個「單位區間」又包含許多「子區間」（這裡借用的是「三分康託集」分形概念，這個「集」是線性的有規分形；「區間」或許也可稱爲「模塊」？）。要把這些「區間」建造成一個美麗的分形結構，關鍵在於求出它的豪斯多夫維。我當然不會傻到建議作家去做什麼複變函數運算，而是覺得：如果處理不好不同「區間」的「尺度差異」，必定影響這部科幻作品的品質。

在已閱讀的篇幅內，我覺得「幻境 1」與「實境 1」的「相遇」，也就是褐蟻世界與（中國）人的現實世界之「相遇」處理得最好。相對於褐蟻世界，咱們的世界在文明度上要高出多多；所以，「人間尺度」衡量下的極其平常的事物，用「褐蟻尺度」卻是無從衡量的。也就是說，這兩個世界或兩種文明，簡直是無法實現交流和對話的。作家卻讓它們相遇並在實質上實現了某種「對話」：褐蟻知覺到兩個「巨大存在」即掃墓者的出現，「聽」到了他們發出的語聲。此時，第一敘述者又承擔起「翻譯者」的角色，把褐蟻「聽到」而無法理解的聲音，「翻譯」、「轉換」成了人的語言（在這部作品的語境裏，人的語言是「實境 1」以上各層文明都能讀懂的〔三體人擁有地球語文的轉換手段〕）。我認爲這個例子所體現的敘述藝術或敘事策略，殆可視爲一種準確的「豪斯多夫維」。

作者的敘事也有不夠成功的例子，我認爲那段小美女手持「鋼球核彈」鬧會場的情節就寫得比較勉強。讀者會問：小美女一夥怎麼會有這麼大的神通？既然當代中國高科技的水準已達如此程度，爲什麼在場軍警（還不是一般軍警哦）的裝備卻這樣平常？用這樣平常的手槍，卻可擊碎核彈鋼球而不造成核爆，可能嗎？……這是因爲，當「幻境 2」闖入「實境 1」時，作者沒有處理好（甚至忽略了）「尺度換算」或「尺度綜合」問題，亦即沒有找到「豪斯多夫維」。所以，這樣的敘事很難達致「融洽」的閱讀效果。

據讀完全書的朋友說，第二、三部比第一部寫得更好，對此我已產生同感。我想：「更好」的主要原因，大概就在上面所說的「分形困境」，在後兩部裏解決得更加融洽了，「豪斯多夫維」找得更準了。

其實，早在所謂神魔小說裏，就已出現過這種「分形命題」了。從《西遊記》、《綠野仙蹤》（也是明朝人的作品）、《封神演義》，到二十世紀還珠樓主的《蜀山劍俠傳》，都存在如何把「實境」與「幻境」整合爲「分形」的問題。這些小說與科幻小說的差別之一在於有「幻」而無「科」，差別之二在於作者並無科學－數學素養，他們應對「異境反差」的策略往往是消極的，即儘量讓幻境封閉化或相對封閉化，從而避免與實境相遇的尷尬。也有不消極的，如《封神》，但是尷尬越來越嚴重，讀者會問：既然有了神通廣大的原始天尊，幹嘛還要那些人間兵將呢？作者的回答是：天命如此。這種回答依然歸於「消極」。

上述作品之中，《蜀山》當屬特例。它所展示的「文明疊加」，可能比（我目前所見的）《三體》還要豐富、複雜。例如，《蜀山》裏的「幻境」，既有「動物世界」，又有「動植精靈世界」（此境已經擁有自己的「文明」）；既有鬼的世界（陰司鬼國），還有「鬼之鬼」的世界；「實境」之上的第一層「幻境」是「地仙世界」，再往上爲「金仙世界」（這是見諸情節的，根據作者的說法，天外還有多層天）。《蜀山》已含科幻因素，即所謂「物理與玄理的結合」，但這結合基本限於對各種「法寶」的描述，其他方面仍是玄理（「天的層次」即來自佛典）。作者的策略是以「地仙世界」和「地仙活動」爲主要舞臺及主要情節。金仙只在「需要」時才從天界降臨，對「下層世界」的處理大致亦然。所以，儘管全書寫得魚龍曼衍、光怪陸離，而用「分形理論」考察，作者的敘事策略仍含「保守」特徵，但其效果卻是積極的。

裕群轉發的那位數學家朋友的長文，曾經生動描寫過數學家的想像力以及數學想像的神妙、精彩。這種數學想像，是否冥冥之中早已和文學、藝術想像「交匯」過了呢？！這也是一種想像。

以上瞎掰是否得當？特別是對分形理論有無誤解？希望大家——尤其是諸位科學家不吝指正！

以後還將繼續彙報「分形聯想」。

斯年 1.30

（三十五）

寫得很好，有分析聯想的高度，得細讀，長知識。一個問題：眞實的實境好懂，爲什麼科幻也能讀懂，能溝通，能交流，能欣賞，能分析？斯年兄的那麼多維，其實都是腦子裏的維度，思維有多少個維度？

一半／2.1

（三十六）

一半兄：

以後正想專門談談「眞實觀」——分形理論引入文藝理論，必將顚覆社會主義現實主義的眞實觀。等想好再彙報。

還有一件有意思的事：《三體》裏的地外文明，是沒有語言、文字而直接借由思維建立起來的，因而就與地球文明產生了社會學、倫理學意義上的反差和衝突（或爲衝突的主要原因之一吧）。這個問題老兄肯定特感興趣。

我已開始續看第二、三部，讀完之後再做詳細彙報。

此外，從第二部的後續情節和第三部的目錄可知，下面展開的時空更加遼闊。第三部前面有份〈紀年對照表〉，按地球紀年，第二、三部寫的時間是從公元 201X 年開始，直到 18906416 年。

斯年 2.2

（三十七）

平宇、勃兄〔註 7〕：

對於 fMRI，平宇是發明者，很値得我們驕傲。有兩個問題，可否解答一下：

1. 腦電圖、fMRI（核磁共振功能成像）和 PET（正電子發射型電腦斷層顯像）三者有什麼共同點和有什麼區別？

2. 這三者最最基本的工作原理，在對人腦進行檢查時，是不是都是基於神經元和神經遞質的電子活動？這種電子活動是屬於弱相互作用的性質嗎？還是電子的受激發引起的量子躍遷的機制？

人腦的電信號之所以能被測量，是因爲構成了一個可以在腦外檢測到的

〔註 7〕按「勃兄」姓楊名勃，是位高分子化學家，因爲兩眼近乎失明，所以不能直接參與討論，但可借助聽讀軟件「看」。

宏觀效應，這種宏觀效應與吳健雄實驗的結果，即弱相互作用中β衰變的手征性有無關係？手征性是否表明在電子躍遷時，也會遵循手征性的方向選擇，即電子躍遷有兩個指數：方向（原子核的左旋抑或右旋一側）和能級。這對嗎？

因爲在 1968 年時，物理學界實現了電磁與弱相互作用的統一，它們是同一種力的兩個方面，現在叫電弱力，所以我才將它和電子的受激發躍遷的效應相關聯。可不可以？請指教？

一半 / 2.2

（三十八）

一半提的問題我雖不懂，但從直覺上感到它也具有「科幻能量」——「三體人」既然靠「透明思維」進行交流（包括把他們的透明思維轉化成地球人的語言，從而實現與咱們當中的科學精英的交流——所以要在「智子」上刻集成電路，即爲此也），這就涉及他們的思維器官是個啥東西（哪怕長在腳後跟，也應有這麼個東西吧——是爲腦科學之「幻」）？「透明思維」的交流，是否依然屬於一種生物電流的交感？除此之外再去「幻」，是否一定會背離「科」？……諸位可不可以於「科學答覆」之外，也就上述問題來一把「科幻答覆」，以讓我與《三體》的後續內容對照一下？如能滿足我的好奇心，應該是件很有意思、可能還功德無量的事。

斯年 2.2

（三十九）

斯年：

我剛剛發信給裕康，說他寫「年終總結」具有嚴肅的生活態度。其實你也更是一位無比認眞的學者！

而你，對每位朋友的信函從來不厭其煩、不厭其詳地給以回覆，對不論文理、古今之問都有問必覆，表明你旺盛的精力和敏銳的思緒，也表明你對每個朋友的極大尊重，這使我非常欽佩！

加之你讀書的認眞態度更令我欽佩。一本《三體》，你讀得如此投入，如此認眞，而且這麼富於聯想。我由此看到你學問的廣博就是這樣積累起來的！

我眞慶幸咱們有這麼一個難得的朋友圈，我從各位身上得益匪淺！感謝各位！

但願我們「千里共嬋娟」而不要「相忘於江湖」。

裕群 2.3

（四十）

裕群：

我也剛給你回過信，說更喜歡「隨化」二字。

因爲眼睛提前退休，所以我已多年沒通讀紙質文本了（去年幾乎讀完莫言的全部作品，主要看的是電子文本，因爲字可放大）。這次對《三體》讀得感興趣，主要原因之一是碰到不少攔路虎，又恰好有你們這批理科朋友隨時可備諮詢。這種閱讀過程所體驗到的文學與科學－數學的融匯，是過去體驗不到的——包括凱芬和那位數學家以及那位也是自動控制的專家，他們說的許多內容我雖仍舊不懂，然而絕對有助於我們這些搞文學的人拓寬思路，打開另一個觀察文藝的窗口。當然，該感謝的還有《三體》作者，他以創作實踐實現了上述交融。

斯年 2.3

（四十一）

妄問：

1. 我譯過蘇聯科幻之父的一部小說《世界主宰》，講的就是通過控制腦電波達到控制別人的思想和行爲。小說的基礎是人發現或發明的腦科學，所以叫科幻，姓科的科幻，但屬於人之「科」，實驗加推理之「科」。其實在有科學和語言之前，人照樣在交流，靠的是象和形，動物的交流也許靠感覺。其間必定有電波、電路在起作用，這是人說的。萬一不是呢？

2. 我還譯過一部寫外星人的小說，提到外星人一見地球人就知道對方心裏在想什麼，不需要通過語言，他們自己也沒有語言。人類常說「一眼就能看穿對方心思」。需要通過電波、電路嗎？

3. 也許象和形可以轉化爲理念，理念也可轉化爲象和形。前者有老子的《道德經》，後者有社會主義現實主義的小說呢。一定需要用電波、電路「翻譯」嗎？

——肇明 2.3

（四十二）

描述外星人「透明思維」的文字，還常出現在關於 UFO 的「相遇文獻」。

咱們老祖宗的著作裏，最早表現這種幻想的，大概是明朝李汝珍《鏡花緣》裏的「君子國」。不過，該國人是通過對方胸前的鏡子而看到其「思維」（？）的。他們「保留」著語言，故可對照心鏡來判斷你是否口是心非；心懷鬼胎者則經常把那面鏡子掩蓋起來。

肇明兄所提問題我答不出，一半肯定會有他的答案，應該很「科」，希望還能「幻」起來（不過，地球人無論怎麼「幻」，自覺不自覺地必定擺脫不掉「地球尺度」，區別僅在多少而已——此亦「分形理論」也）。《三體》作者可能也有答案——他所「選擇」的對抗三體人入侵的方案之一，就是發展腦科學，讓地球人的聰明度實現「光速式」（這是我杜撰的說法）的飛躍。

斯年 2.3

（四十三）

斯年兄好像是在寫「科幻文學論」，眞的話，我認爲是很值得寫的。科幻與思維相關，它是不結果的精神之花。奉上一段有關思維的感悟，不知是否能搭上一點斯年兄的船邊。

思維的左撇子進行曲

人類的創造性思維來自於輸出信息較之輸入信息有一個增量，這個增量又只能是來自於思維時腦中能量的有序的轉換。神經生物學對視網膜成像機制的研究表明，能量的轉換機制就是量子躍遷。1968 年，物理學界實現了電磁與弱相互作用的統一，稱之爲電弱力。這樣，吳健雄的實驗結果或許會給我們一個啓示：在我們大腦內的世界裏，精神活動是和電子的量子躍遷相關的，吳健雄實驗所證明的弱相互作用中衰變的手征性象徵著能量轉換，也就是量子躍遷的優先方向的選擇，它們譜寫了思維的左撇子進行曲。

這，構成了人腦有序思維的創造性源泉。

一半／2.3

（四十四）

一半兄點名，不得不說一下。本人不算內行，但曾經有所涉獵。

據我所知，腦電圖是指神經的電脈衝記錄，fMRI 主要是測量腦部的含氧量和血流信息，而 PET 則是測量特定的代謝功能。

因此只有腦電圖是與神經活動有直接關係。

其他則不敢多說。

祝大家身體健康，春節快樂！

平宇 2.3

（四十五）

謝謝。回答用詞很嚴謹，很到位。

講了直接，留下一個間接——後者，可以科幻，可以猜想，可以論述，可以實驗。

上次勃兄介紹的旋光異構一直銘記在心。蛋白質的多種異構體是生物進化和生命多樣性的基礎；左撇子的優先選擇，則好像是規定了生物進化的方向性—— 一點感悟。

祝好！

一牛 / 2.3

（四十六）

肇明兄在 2 月 3 日函中說：「我還譯過一部寫外星人的小說，提到外星人一見地球人就知道對方心裏在想什麼，不需要通過語言，他們自己也沒有語言。人類常說『一眼就能看穿對方心思』。需要通過電波、電路嗎？」我讀到「三體人」往「智子」上面刻集成電路的情節時，也曾閃過這樣的念頭。再讀下去，發現劉慈欣寫的「三體人」，其「透明思維」的透明性，用在與地球人作（間接）交流時，似乎具有「單向特徵」：

1. 他們擁有把自己的透明思維（通過集成電路等「落後的」地球手段）「翻譯」成地球語言的技術。也就是說，他們的思維不僅互相透明，對地球人也是透明的。

2. 但是，由於他們自己沒有語言、文字這種媒介，所以儘管獲得把自己的思維翻譯成地球語言的技術，卻不懂得地球上的語言具有既可表達思想，也可掩飾、掩蓋思想的功能。這樣，在接受地球人的回饋信息時，他們無法進入地球人「語言背後的思維」。因此他們發射到地球周圍的那些「智子」可以收集到地球上一切用語言文字傳達的信息，卻收集不到不用語言文字表達的謀算、詭計。看來，這些三體人比肇明兄所譯那部作品裏的外星人要技低一等，或者要笨一點或「天眞」一些——他們雖然會弄集成電路，卻不知道地球上已經有了測謊儀。

3. 到我讀到的地方爲止，狡猾的地球人正是利用對方的這個弱點來製造假信息，掩蓋眞意圖，試圖藉此轉弱爲強，克敵制勝。高技術、高文明並非沒有局限，低技術、低文明並非沒有自己的「犄角之勢」；聰明人會有發傻的時候，傻子會有傻聰明和傻福氣，這就是到我讀到的地方爲止的作者意涵。這倒正是我黨革命鬥爭的歷史經驗，也合孫子兵法。至此爲止，劉先生倒是貼近「主旋律」的，他寫的我國軍委在建設「天軍」時首先注重政治工作，也是很有道理的。

4. 就上述科幻情節考察，《三體》的構思和描寫都已合乎「自洽標準」了。竊以爲這個標準很重要，容以後再作專門討論。

閱讀中間遇到三匹攔路虎：「工質」，「浮點運算」，「宏原子」。本想直接點平宇的名，請他予以輔導；後來一想，讀中學時碰到這種情況，總是要先由自己尋求答案的，於是上「百度」去查。第一、二匹都排除了，第三匹「百度」上也有，說是出自劉慈欣的幻想，而且還查到一個據此開發出來的網上游戲。這個現象非常値得注意：一是說明此書影響之大、之廣；二是說明它的科普作用之大、之廣；三是說明文學的擴展作用、移植潛力之深厚；四是說明文學與商業之互補作用之大和廣。此類現象，似乎在通俗文學領域尤爲顯著。

以上想法有無瑕疵，仍請大家批評指正。

斯年 2.4

（四十七）

「工質」——做功的介質，比如冰箱壓縮機裏的氟里昂即工質。它在裏面循環，不改變本身性質。

「浮點運算」——電腦用語，電腦運算中數字位數是固定的，16 位，32 位……遇到小數點怎麼辦？開始是有固定小數點位置，但數據各異，有的數沒小數點，有的數小數點後有很多位，「定點」浪費運算能力，就有「浮點運算」，點位是浮動變化的，提高運算能力。

——這是我所知的，不一定對。「宏原子」就不知爲何物了。

耀文 2.4

（四十八）

謝謝耀文的輔導！

《三體》中寫到，爲對付外星人，中國「天軍」的軍官設想開發一種「無工質」（即直接用輻射能量推動飛船）的核聚變發動機。這在當前屬於幻想——科學的幻想。

「浮點運算」則是在寫及一個核武模擬中心時提到的，說這裡的電腦「每秒可以進行五百萬億次浮點運算」。不知咱們的「銀河」、「天河」是否已經達到這個速度。

關於「宏原子」，「百度」上的介紹如下：

> 宏原子是著名科幻作家劉慈欣在其作品《球狀閃電》中虛構出的對球狀閃電的一種解釋。
>
> 宏原子具有原子的一般特徵，在沒有觀察者的情況下呈量子狀態，其位置只能用概率來描述，是一團概率雲。
>
> 同時，宏原子在宏觀上是可見的，它以「空泡」形式存在，肉眼可見，被雷電等激發爲激發態後成爲球狀閃電。宏原子核以二維弦的形式存在。宏原子之間可以發生宏核反應，其威力與常規核反應有所不同，其能量釋放有目標選擇性。
>
> 被激發的幾率很小。
>
> 宏世界的原子運行很慢，500m／s 的速度已達到臨界速度，所以宏原子核可以發生宏聚變。

百度上可查到的那個電玩說明裏則說：「宏原子是一種以一維弦狀態展開的原子，單個原子即能達到肉眼可視的尺寸，在高能電磁環境或鐳射照射下可激發爲球狀閃電。」

以上當然亦屬科學幻想，但是耀文肯定會有獨到的評論，因爲這是你的本行。

《三體》中的美軍將領設想開發宏原子核聚變武器來對付外星人。不過，這些設想都是借由語言發表出來的，所以很可能都是用以對付外星人「透明思維」的「疑兵」——借《孫子兵法》的說法，就是示形而藏意。咱們地球人，狡猾狡猾的。

上封信裏已經談到宏原子的電子游戲，不知劉慈欣是否參與了此類電遊的設計、開發。這會形成一條科幻文學－科幻電遊的產業鏈，用商業眼光考察，是極有吸引力的。不過，劉先生如果參與了，我希望他別投入過多精力，最好只限於版權交易。因爲，文學創作固然離不開文化市場，但是作家不宜投入太深。

斯年 2.5

（四十九）

原子是某元素存在的最小形式，「宏原子」的概念有些不可思議。從描述看更像「等離子體」。

——耀文 2.6

（五十）

諸位：彙報一下最近的閱讀心得。

一、關於「宏原子」，作爲核子物理學家，耀文的點評非常簡短，但可能對《三體》作者具有參考價值——此價值殆即在於如何使「幻」與「科」結合得更好。從「語義－邏輯學」考察，「宏」與「原子」這兩個詞素的結合也是存在悖論的。《三體》作者用這個偏正結構的複合詞爲之命名，是否有意凸顯那個幻想出來的東西所具有的「悖論性」呢？因爲它出現於《球形閃電》一書，而此書我未讀過，所以答案不明，只好存疑。

二、上一封信談到《三體》小說與電玩的關係，我表達了希望作者別在市場裏投入太深的想法。回頭再想，覺得這一意見不適用於大劉（圈子裏都用這稱呼，咱們也用吧），因爲他在上世紀九十年代就「編過一個宇宙點狀文明體系總體狀況的模擬軟體」，運作結果非常「詭異」，以至使他相信「零道德的宇宙文明完全可能存在」（見《三體》第一部〈後記〉）。可見，他的科幻思維和如今稱爲「電玩」的東西關係極其密切，後者甚至是其創作思維和創作過程的一個部分；這一部分也完全應該、完全可以化爲推動文化市場的「正能量」。

三、我在 1 月 30 日的信中列過一張《三體》的「文明疊加表」，現在想到：在「幻境 2」和「幻境 3」之間，應該插入一個「**虛擬幻境**」，這就是作品裏反覆出現於地球互聯網上的關於三體世界的電子游戲（？），它可能與作者那個「宇宙點狀文明體系總體狀況的模擬軟體」不無聯繫，其時空殆可上溯到宇宙起源，其人物包括中西古代－近代歷史上的著名「風流人物」。這個「電遊」在全書裏的作用似乎尚未完全揭示出來（因爲我正讀到第二部的中部，對此有所推測，是否準確，有待「下回分解」)。

斯年 2.8

(五十一)

按此信和以下部分書信與《三體》討論並無直接關係，但因所述內容既涉及「科」、似又涉及廣義的「幻」，故亦編入。

平宇：

謝謝你（對 2 月 6 日江蘇衛視「強力大腦」節目）的「強力推薦」，我和淑蓉都看了，和你有同感：「不可思議！非常感動！我哭了三次。」但是我們還是「擦乾了眼淚，化悲痛爲力量」，對此不可思議的事，做了如下可思議的探討。

第一位認孩子和他（她）的父母。

1. 這首先是一個概率事件。如從孩子認雙親，不加權的認對概率爲 1／900；如從雙親認孩子，這概率可提高 7%。

2. 父母的基因，就是加權。據何思慧講，她兩歲時就開始在幼稚園從好奇心出發練習這種認識能力，她的識別根據，是總體性的「神態」，而且已經存儲了很多模式；她又流露，那位戴眼鏡的父親不好認。所以，她構成「神」的主要判據是眼睛的「虹膜」，「虹膜」有如指紋，應該和遺傳相關。不敢肯定的是：虹膜的繼承，是不是父母的基因會各占一半？第二，「態」的判據，是臉上五官的佈局，圍繞著某一個中心點的分佈關係，父母親的中心點可能不一樣，人一生的過程就是一個開放系統的帶有拓撲意義的變換過程。因此，何思慧的辨認幾率大大提高。

誰能做到這一點，自然與天賦能力有關，但也與開發的早晚有關。

第二位是一位畫家。畫家對於外形、細節、動態和顏色有著獨特的觀察和記憶能力。從挑戰者王昱珩巡視水杯子速度之快，即可猜測他也是看的一種杯子中水的總體效應，用他的話說就是他把它看成了一幅具有特色的畫，一幅不重複的畫作，他還告訴我們水轉了 15 度。

由此，我們可以猜想：他所把握的特徵是一杯水的「微動力」效應，即水在移動中的動力效應的遺跡。這種水面的些微波紋，會在燈光下形成不同的反射，在畫家眼裏觀察一段時間以後，就可以構思出一幅畫來，而且會有一個隨時間變化的週期，由於水的阻尼係數很小，「微動力」效應的衰減也需要一定的時間。在科學助理將杯子送回原位時，因爲步伐節奏相同，只能是加強這一微動力效應，所以王昱珩必須巡視得很快，否則過多地衰減以後就很難辨識出來。

這對於畫家來講不應該很難，當然也是工夫，特別是他視力受損，但他特別強調了光線的問題。

第三位孫亦廷，首先是天賦，但這天賦也與父母親的音樂素質和自小的薰陶有關，甚或胎教。水氣球的實驗，在高度和音素的關係上，大概也會經過事先的預訓練，否則無法和高度信息相關聯。前兩位都是靠視覺來識別的，而孫亦廷則是靠聽覺。聽覺在進化中比較晚，但對於人類的文化和語言影響極大。人耳蝸內的纖毛可以產生比一個原子直徑還要小的搖動位移，高靈敏度的有音樂天賦的耳朵可以在鋼琴的兩個相鄰的琴鍵之間辨出 20~30 個音素來。

孫有天賦，也與開發相關。

從原理上講，最難的是第一位；從天賦上講，最神的是第三位；從智慧上講，最有想像力的是第二位。人類就是在施展天賦上，在發現原理上，在發揮智慧上走在其他動物的前面。

平宇三哭，哭出了三個第一。

一笑。

一半 / 2.9

（五十二）

平宇：

（前略）據我觀察，老化有兩種：正常老化和非正常老化。前者只要堅持「身心勤快，幽默喜樂」就可以推遲；後者，由於超負荷使用過量引發的老化，則很難推遲，因爲器質性的活力已經衰竭——如雷根、柴契爾。

根據就是周圍的事例。

薛定諤寫的《生命是什麼》的小冊子很值得一讀，他大概是把物理學的原理引進到生物學中來的、站得最高的一個人。如果我現在說：「思維的規律」要遵循物理學定律準確性期望值的根號 n 律，人們幾乎都會笑話我是瞎掰，但這恰恰是他最先引進到生命現象中來的，我只是套用了一下而已。上個世紀 40~50 年代，薛定諤和科學界一樣，更多地關心的是基因與遺傳，我則是在探討思維——「思維的機制」是什麼？「思維的規律」是什麼？「思維的法則」是什麼？

思維的一個重要的規律就是「解構與重構」——這是從斯年兄的現代文

學理論中引用過來的。

對於最強大腦的超人表演，我的解釋也只是個人的思路而已——因爲思維本身是神經元網路的「一種自由遊戲」（愛因斯坦的原話是：我們的一切思維都是概念的一種自由遊戲）。

謝謝你的「強力推薦」所帶來的啓迪。

一半／2.10

（五十三）

諸位：

一半、平宇關於江蘇衛視那檔節目的討論與《三體》固然無關，但是《三體》中卻有一部分科幻情節與你們這番討論極其有關。我把其中的要點分條介紹一下，希望聽到大家的點評。

這些情節出現於地球人對抗外星人入侵方案之一的實施——加速地球人大腦進化過程，以使他們在外星人到達之前（約四百地球年後），思想能力和智力達到足以對抗或制勝的水準。該方案執行者所設想和業已「實現」的技術是：

1. 研製一種「解析攝像機」，它以 CT 斷層掃描和核磁共振技術爲基礎，可對檢測對象（人腦）的所有斷層進行動態的共時掃描。每個斷面之間的間隔精度達到腦細胞和神經元內部結構的尺度，因而可以同時以每秒 24 幀的速度掃描大腦的數百萬個斷層，呈現一個大腦的動態合成模型。這相當於把活動中的大腦，以神經元的解析度，整體拍攝到電腦中，從而得以在電腦中整體地重放思維過程中所有神經元的活動情況。

2. 實現以上設想的最大技術障礙在於數據處理，因爲目前的電腦技術不具備對人腦大小的物體進行神經元精度掃描並建模的能力。

3. 作者設想：大概到了公元 201X 年的八年之後，他們已經證明量子電腦、生物分子電腦和「非馮結構電腦」（模擬人類大腦的電腦）都無法完成上述數據處理的任務。於是他們想出一個「瘋狂主意」：利用傳統結構電腦，把軟件模擬轉化爲硬體，用一個微處理器模擬一個神經元，把所有微處理器加以互聯，並可以動態地變更互聯模式，從而爲人腦進行建模。這一設想實現的障礙在於微處理器的生產，因爲人腦至少有一千億個神經元。要生產出這個數量的晶片，任務雖然極其艱巨，但是由於此時傳統結構電腦的運算能力已有高度增長，方案執行者又可調動大量的地球資源進行投入，所以初步實現了「解析攝像機」工程，能以全息攝像技術展示大腦的全視圖，包括突觸聯結的拓撲結構。他們發現，判斷思維並非產生於大腦神經元網路的特定位置，但卻擁有特定的神經衝動傳輸模式。由於這是動態的，只能借助超級電腦，從其數學特徵上加以識別和「定位」。

4. 執行者們從而初步掌握了一種借助「思想鋼印」提升、固化受試者某一信念的技術：當某個信息進入大腦時，通過對神經元網路的某一部分施加影響，使大腦不經思維就作出判斷，相信這個信息爲眞。

5. 在討論上述技術時，他們談到以下理論問題：A、人類大腦的（自然）進化需要兩萬至二十萬年才能實現明顯改變；B、「思想能力」這個概念的內涵，比「智力」這個概念要大得多，信念即屬前者；C、思維在本質上不是在分子層面，而是在量子層面進行的。

從以上介紹可以看出，小說裏的這幫科學家發展腦科學，動的卻是「控制思想」的歪腦筋。這一「方案」的實行結果我還沒有讀到，按照已經讀到的情節推測（讀者圈子裏有句行話叫「劇透」），應該歸結於「悲劇」。

特別懇請一半、平宇、裕群、耀文就「科」談「科」，對上述情節及其構思發表點評！

斯年 2.10

（五十四）

斯年點名，就說幾句。

首先我向作者表示極大的崇敬，科幻對我是可望而不可即，我只懂一點科，而不會幻。

1. CT 斷層掃描和核磁共振是我的本行。按這兩門技術的原理，要做神經元內部結構細度的掃描是不可能的，一幀都不行，更別說每秒 24 幀。

沒有了 1，下面就不用再談了。

也許我的技術背景局限了我的視野，但是目前我只能談這些。對思維的本質，我的知識還是零。

我還是要大家看背「派」〔註 8〕的老人：

http：//v.youku.com/v_show/id_XODg3NTg1Njc2.html

平宇 2.10

〔註 8〕「派」，即圓周率。

（五十五）

謝謝！你們的點評對我這樣的讀者是很有幫助的——有助於瞭解作者的幻想「靠」多少「譜」和「離」多少「譜」（這個問題，在其他發揮想像的文學作品——特別是童話和神魔小說裏，是無關緊要的）。這位作者的知識面非常廣闊，想像力也非常豐富，在我讀過的中國科幻作家、作品（很少）裏，這是非常罕見的。所以，我和平宇一樣，對他「表示極大的崇敬」。思維是什麼，這個問題深究起來眞的非常神秘，且看一半怎麼說。

斯年 2.10

（五十六）

斯年兄並諸位：

很佩服徐教席的讀書精神和研究方法，看看所列出的條目，可能比我自己看還能領會要領。

1. 《三體》的作者具有豐富的科技知識，在「幻」字上也很獨到和領先，斯年兄所列出的內容看了兩遍，和自己的思想對照，頗有收益。

2. 作者的立題，使得作者「幻」得過頭了。我們無法「加速地球人大腦進化過程」，大腦已經進化到極致的程度，基因 100 萬年才能改變一個，即人的 1 / 3.5 萬，但是人類大腦還有可以加速開發的很大的餘地，途徑有兩條：一是補充激發量子活力的「仙丹」，提高思維的能級；二是，通過電腦技術進行大腦的加強訓練，增加大腦的突觸連接數量。

3. 人腦建模，似乎可以，1000 億個晶片也能做出來，但每個晶片都應該具有一萬到十萬個突觸連接的能力，而對這樣的連接起主導作用的是神經遞質的量子的活力以及神經元生長錐和靶細胞之間的化學作用的親和力——這就是生命體和無生命體之間的鴻溝。因此部分地實現對腦功能的模擬是可能的，但等同地加速大腦的進化，那是上帝的事。

4. 「解析攝像機」的目的，是要瞭解對方在想什麼。這個題目等同於，是否可以用現代的最新技術和投入，準確地瞭解對方（你的朋友、一個政治家、一個演員、一個小偷……）現在在想什麼？這對於地球人彼此之間能否做到？人和人思維的差別，不在於神經元的活動，因爲思維的機制、思維的規律、思維的法則都是一樣的，所不同的是「思維的密碼」，一個人一個樣，因此即令解析攝像機在所有技術水準上都能滿足要求，但是神經元網路是如何編碼來表達信息的這一密碼無法知道，因爲地球上的人自己也不知道——

這是從誕生開始一生中編成的認知和思維的密碼，一旦編成，它和我們的形象思維和抽象思維是自動對應的——這就是我們知道我們現在想什麼，但不知道是怎樣來想的道理——因此用解析攝像機來判斷別人在想什麼更是不可能的。

5. 他們的發現：「判斷思維並非產生於大腦神經元網路的特定位置，但卻擁有特定的神經衝動傳輸模式。」這個思路應該稍作改變地繼續創作下去。我們自己所感知的思維都是在思想的層次上，亦即思維的宏觀層次上，我們可以說我現在想的是什麼，但沒有人知道神經元網路在當下是如何活動的。思維是在神經元網路層次上的自發的演繹，我自己的看法是：思維是以信息密碼的方式（即神經元網路）按照形象思維和抽象思維的法則的神經元的網路運動（解構與重構），思想是這一網路運動的信息的包絡，因此思想是在這個包絡中相關信息的綜合和昇華。要想通過解析攝像機去盜取外星人——當然也會包括地球人在內——的思維信息運作的過程，上帝大概不會允許，因此「加速地球人大腦進化過程」可能會有方向性的障礙，因爲它會帶來極大的不公平。

6. 如果把宇宙中外星人的造訪地球作爲科幻的方向，可能更容易展開論述，因爲可以相互探討不同星球上生命的共性和個性，乃至社會的共性與個性——其間所包含的科學成分大概會大於作者現在鎖定的「外星人入侵地球」這一選題。

恭敬不如從命，彙報一下自己的想法——思維就是一種自然的流淌，我爲什麼會這樣想，我也不知道。

一半／2.10

（五十七）

謝謝！就我已經讀過的內容看，作者在《三體》裏所要探討的正是「宇宙社會學」，並且已經預設了兩條「宇宙公理」，似與一半兄的建議有不謀而合之處。故事的繼續發展以及我的感想、問題，等讀完第三部再彙報。

斯年 2.10

（五十八）

今推薦二篇短文，一篇是校友所寫〈三維看世界〉，簡潔精闢，非常好的寓言。不知與斯年兄讀的《三體》有無相通處？

另一篇也是校友網上的，發人深省！

耀文

附錄1 三維看世界：幾何比擬

徐耀寰

這裡說的三維看世界不是長寬高三維的物質世界，在下面的討論中大家會看到這個通常的三維世界對我下面所說的理論框架而言卻是「二維」的。然而我們還是要從通常的長寬高三維入手來談，因爲這樣比較形象也容易懂，於是就有了我下面說的「幾何比擬」。

先從幾何學開始，我們初中就學平面幾何，到了高中才學立體幾何。平面幾何是處理二維問題，而立體幾何是處理三維問題。很顯然，一個立體幾何問題用平面幾何的原理定理是不可能正確解決的。如果一個人看到一個三維幾何體在二維平面的投影，就誤以爲是二維問題而把這個本質上是三維的幾何問題企圖在二維平面內解決，窮畢生之力沒有解決，是可悲而又可嘆的。這個道理自不難明白，然而，在現實生活中有多少人把三維問題當成問題來看待呢？

《扁平國》（Flatland）是英國中世紀的一部政治諷刺小說，說的是有一個二維國家，裏面的成員都是二維多邊形，普通的老百姓比較質樸，心裡沒有那麼多彎彎繞，所以都是三角形，那是最簡單的多邊形了。隨著文化程度和社會地位的提高，人的思想行爲漸趨複雜，多邊形的邊數開始增多；比如中學生可以是四邊形，大學生可以是五邊形，專家教授政客律師，心思越來越複雜邊數也越來越多。國家的統治者最複雜，因爲他不願意老百姓知道他是怎麼想的，一肚子的陰謀詭計，因此邊數無窮多而成爲一個圓。

但有一點是共同的，那就是在這個國家裏不管邊數多少人們只有二維平面概念，不知三維立體爲何物。他們生活得很滿足安逸。生活在二維世界的人們彼此人心隔肚皮，然而從三維空間俯視就可以把一個個三角形、四邊形、五邊形直到圓型的統治者的五臟六腑看得清清楚楚。二維人對此懵然不知，直到有一天，一個三角形被一個生活在三維空間的人抓到了三維空間，有了三維空間的概念，也看到了自己和所有二維同胞的局限。當被三維人放回了二維空間之後，這個三角形開始告訴自己的多邊形同胞們「有三維空間！景象美麗得無法形容！」的時候，迎接他的是同胞們的猜疑、嘲笑和憤怒。有人認爲是奇談怪論，也有人認爲這是對二維民族主義的侵犯……事情沸沸揚揚，終於驚動了圓形的統治者，該國「圓」首認爲這會影響到這個二維扁平特色國家的和諧與穩定，於是以「爲境外敵對勢力宣傳三維空間普世價值」和「企圖顛覆二維扁平國」爲名，把那個告訴別人有三維空間的三角形關進了監獄。

這個故事裏，只有二維概念的扁平國國民對那位從三維世界回來的三角形很不理解甚至很反感當然是小說的虛構情節，然而類似的事件卻在人類歷史上多次重複出現。僅舉幾例供大家鑒賞。一是當有些科學工作者提出我們居住的大地其實是個大球時，受到相當的反對和質疑，質疑者中不乏有地位的有學識的，一個反對意見理直氣壯：「如果地是一個球，另一側的人豈不是每天頭朝下過日子？」聽起來好像也有道理，是不是？另一個例子是英國剛開始製造火車時，也有一批人反對，理由是「這會把牛嚇壞了」，當然後來反對的人們也坐上火車去旅行了。

長期處於不同環境造成的認識差異很難一下子消除，每一方都信心十足認爲自己當然是對的，但只可能一個是對的，甚至雙方都不對，但不會雙方都對。我遇到過一個天津工學院的學生，是個農村青年。他說，他進大學後讀了一年書眼睛近視了，就配了一副眼鏡戴。假期回家探親，鄉親們對他戴眼鏡很不理解，認爲一定是爲了好看「臭美」，他怎麼解釋都沒有用，鄉親們無論如何都無法理解，爲什麼非要戴上那玩意才行，咱們一輩子沒戴不是看什麼都挺好？他告訴我，他哭笑不得，十分無奈。對於一心認定別人是因爲比他傻才信基督教的朋友，我也很無奈。我並不在乎別人說我傻不傻，我們房九同學聰明的很多，我很一般，要說不同只是比較用功而已，知道自己沒有多少聰明可以依恃。

（按「附錄 2」從略。）

（五十九）

耀文：

〈三維看世界〉果然與《三體》頗有相通之處——《三體》寫到的也是不同文明之間溝通的困境。我讀〈三維看世界〉更有親切感，因爲在下本是一個只會以平面幾何「尺度」理解、想像多維空間的人。從這篇文章，我又想到「尺度」與「眞實」的關係，這也是分形理論給我的啓發，大可引入文藝理論，容以後詳談。

《三體》第二部已經讀完，其中的第三部分題爲「黑暗森林」，寫得特別好，令人拿起書就放不下，這樣的閱讀體驗，很久沒有出現過了（不是因爲沒有好作品，而是因爲視力受損之後我讀書太少）。現正開始讀第三部，其中好像寫到「二維」的太陽乃至整個太陽系，具體內容，等讀到那裏後再彙報。

關於異質文明的溝通問題，《三體》作者劉慈欣想得更加廣而幻。他把這個問題提到建立「宇宙社會學」的高度進行思考，這就把「硬科幻」與「軟科幻」結合起來了。他認爲，宇宙社會學基於兩條公理：一、生存是文明的第一需要；二、文明不斷增長、擴張，但宇宙中的物質總量保持不變。這兩條公理又與兩個概念密切相關：1、技術爆炸；2、猜疑鏈。後者即指不同文明間溝通之難。作者設想，宇宙之間不僅存在「碳基生命」，而且存在「矽基生命」、「恒星生命」乃至「電磁生命」，它們的區別，用地球人的生物學概念衡量，屬於「界」的差異（遠遠大於「種」的差異）。在文明（技術）不斷爆炸而物質總量不變的情況下，不同的文明早晚會發生「生存競爭」，而溝通之難則使得猜疑鏈越拉越長，越拉越危險。於是，宇宙社會也將陷入咱們地球人所說的「叢林法則」。所以，不與外星文明聯絡，對地球人來說倒是最安全的（這好像也是霍金的主張）。所以，至少在《三體》第二部裏，作者描繪的圖景是殘酷而且黯淡的。不過，他也給了讀者一點亮色——「三體人」發現了地球人中存在的「愛」這情感之可貴，三體世界不是沒有這東西，而是長期處於被壓抑的狀態，現在這東西似乎也在他們那裏萌芽、滋長了。當然，這狀況僅僅發生在兩種同爲碳質的文明之間，但是它也未嘗不是一種「宇宙社會學」的模型。「猜疑」畢竟不是「敵對」，從另一方向去考察，「鏈」中向「善」的因素依然是存在的。反顧那兩條公理，生存既意味著競爭，同時也應埋藏著對生命的看重和珍惜，這裡同樣存在向「善」的可能。

以上算是對該書第二部的讀後感之一吧，也許感得不准。

斯年 2.15

（六十）

裕康並各位：

看了你們幾位的討論、斯年兄的《三體》書證、裕康的（某公所作〔西江月〕詞）譯文，都很有收穫，原來還可以這麼去想事情！

只是，《三體》的作者劉慈欣，是一位還是一個組合？

另外，有一次看美國人介紹製作科幻電影時，提到所設計的動作都是符合現有的科學認知的。〈三維看世界〉也比較容易接受。但《三體》裏有些不容易想明白，如設想「恒星生命」乃至「電磁生命」。恒星本身遠比地球簡單得多，是不可能有生命的，科學家也在幻想、在猜想：在類地行星上會有什麼樣的生命形式？

小弟以爲寫「科幻小說」是最難的差事：它比一般的科學研究和實驗要難，因爲後者題目單一；它比科普著作要難，因爲科普所寫內容已有定論，只是要用另一種語言來寫；科幻小說則要具有三種能力：一是「科」學知識的深度和廣度、歷史的認知過程和前瞻性的發展方向；二是要能施展「幻」想的自由和把握住這個「度」的邊界；三是要具有小說家的想像力和文學氣質，引人入勝。所以，《三體》的作者是不簡單的。

我也曾設想過，把人的大腦用「神經元寶寶漫遊記」的題材寫出來，但是掂量了一下：上面的三個條件都不具備。如果我另選題《從神經元到意識》可能需要寫三年，如果寫《神經元寶寶漫遊記》得寫十年，如果寫得好，那效果一定會比前者要好，科學的信息量一定會很大，而且不離譜——因爲他和每個人切身相關。後者已經是力不從心的事了，前者則爭取作爲家庭作業來做，能達到五十幾分就行。總有做不完的事，留給後來人去推敲和鑒別。

謝謝裕康最新郵件中的鼓勵，近來牙痛，有些不適。對你和斯年、耀文幾位的活躍表現十分贊許，因爲支撐了暢思齋這樣一個平臺。

一半 / 2.15

（六十一）

劉慈欣不是一個組合，而是一個人——高級工程師，世界華語星雲獎與中國科幻銀河獎得主。就我已經讀到的《三體》內容而言，足以看出他的知識面非常寬廣，不僅涵蓋自然科學各個領域，而且擴及中外文史；文字亦極清通、流暢，語言頗具質感，行文又較歐化，這很有利於將作品譯爲外文（該書英譯第一部已在美國出版）。

據說與他水準相近的科幻作家還有好幾位，所以最近十年成爲中國科幻創作的「大爆炸期」，由「不入流」而一躍居於可與歐美並肩的地位。這種大跳躍式的發展現象在中國文學史上極其罕見，值得史家認眞研究。

「恒星生命」、「電磁生命」二詞見於《三體》第二部的一條注文，內涵未見闡釋，不知是否出於大劉杜撰。等我讀完之後，當設法請他爲咱們直接答疑。

我已讀到一段由「太陽帆」引出的奇幻故事，其科技內涵與一半兄的專業密切相關，其幻想精構極爲匪夷所思，容以後詳細介紹。

斯年 2.16

（六十二）

（一）一半夫婦文〔註 9〕內「第一信號系統指自然物和人工物」句中之「第一信號系統」，似宜改爲「第一信號系統的信號載體與內涵」，因爲「自然物和人工物」+神經系統才=「信號系統」。巴甫洛夫實驗裏的燈光、鈴聲都是信號「載體」，食物則是信號內涵，信號載體與其內涵，經由神經的「連接」，形成條件反射，信號系統才算形成。

（二）文後附件是我據所知符號學理論之一點皮毛而繪製的一份「表意過程圖」，所示部分內容與一半夫婦之文重合；也有不重合處，可供參考。

（三）圖中的「能指」即符號，可以是圖像、數字、語音、聲響、文字及其他人工物（例如特定「語境」下的紅綠燈、箭頭等）；「所指」即符號所表達的內涵（廣義上的「對應物」）；「意指過程」即表達、理解過程——當能指與所指構成「狹義對應」關係時，這一過程是直接的，即由三角形的左角經底邊直接指向右角就可完成的，而當二者關係並非如此時，就要經歷一個「解碼」過程，即三角形另外兩邊箭頭所示的「思維路徑」。

（四）包括語言文字、數字、圖像、音樂、音響等人工智慧符號，其信息載荷或其載荷能力往往是很大、很複雜的；也就是說，「所指」的內涵往往是極其豐富甚至非常隱秘的（後者包括各類密碼）。例如，花的圖像符號，其「直接所指」是「花」這一實物，而其「間接所指」可以是「美女」、「贊賞」、「獎勵」等等。所謂間接所指，涉及語言學所謂直喻、隱喻、象徵等，此類信息的傳輸和解讀一般需有一定的「語境」（「上下文」——包括「對話」）才能保證不導致失眞。

（五）符號的分類，我以爲大致可作如下區分：（1）象形符號，即直接與所指對應的、以形象呈現的能指符號，「直接對應」乃其「要件」。必需指出的是，其間實際上已經含有抽象了。例如我的圖裏，左角的花的圖像已經捨棄了色彩、品種等內涵，乃是對各種花的概括（語言裏的「概念」亦具此

〔註 9〕按此文及有關函件從略。

特徵——「狗」這個詞，是概括黃狗、白狗、花狗、黑狗、公狗、母狗……的「抽象狗」)。當然，右角的花其實也是符號，爲了表示與左角符號之區別而敷上了色彩，其實還應加畫一些其他品種、色彩的花朵，這樣（眞花之）示意才更準確。(2) 指示符號。它們的所指一般不是具體的事物，而是某種「指令」，如紅綠燈等。(3) 象徵符號。其特點是多義性（因而往往伴隨某種程度的模糊性)，例如舞臺美術裏經過變形處理的景片、裝飾性的布景以及不同色彩、明度的燈光(不表示特定空間、時間，而象徵特定情緒、氛圍)。(4) 功能符號。它們可以是具象的（如中國戲曲舞臺上的「一桌二椅」)，也可以是抽象的（例如現代派－後現代派戲劇中的立體單元裝置)，但是只有在使用中才能顯示其所指。仍以戲劇爲例，一桌二椅和那些立體單元作爲能指，是隨著演員的利用（表演）而隨機地展示出「床鋪」、「山坡」、「城頭」、「房門」等等所指內涵的。(5) 情緒符號。其特點是不表達「語義」，因而無法用語言進行翻譯，就此而言它們是最抽象的；它們用特定的能指直接表達情感性的所指，不借助語言而直接「撥動心弦」，其意指過程變成「共鳴過程」，就此而言又是最「具象」的。音樂、繪畫、雕塑和建築藝術的能指系統均屬此類，它們都有特殊的「編碼規則」。(6) 純抽象符號，包括文字以及數字、點陣等等。易學裏的「河圖」就是點陣。《三體》中地球人與外星文明開始聯絡用的也是點陣：外星文明接收到後，也用點陣回覆。「覆文」中先重複地球人「發函」裏用以表示自己身份的那組點陣，表示「讀懂」了這組符號的所指；地球人然後發過去一份「詞典」，對方經過「學習」，首先發回地球人用的阿拉伯數字，說明他們懂得了「點」與「數」的關係，然後很快學會了地球人的文字，從而實現了交流（小說裏與地球人交流的，是外星高級文明遺棄的一個巨型「魔戒」，具有高速的「自學功能」)。可見，在抽象符號系統中，數學的作用非常重要（在音樂符號系統裏也是如此，所以說它是最形象又是最抽象的系統)。

斯年 2.24

附件

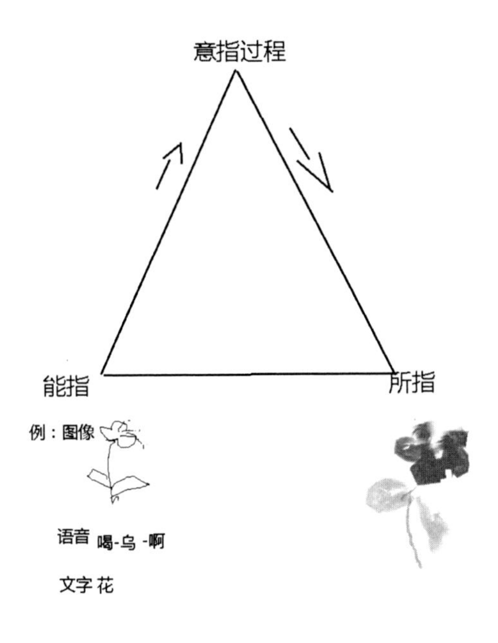

（六十三）

1. 思維的三分法在理論上可以成立，但在實踐中多半是混合思維。在語言出現之前簡單，出現之後就複雜了。正如斯年兄所言：「狗」這個詞，是概括黃狗、白狗、花狗、黑狗、公狗、母狗……的「抽象狗」。但白馬非馬只是複雜之一，表示事物之間關係、還有關係之關係的詞呢？那就更複雜了。

2. 看到長方形窗戶就有「窗戶」二字介入，看到圓形、三角形、奇形的，怎麼也會有「窗戶」二字介入呢？可見單用具象解釋還不夠。

3. 顱腦內神經元網路運行時，眞的各盡所能、各司其職？沒有混合交叉？

肇明 2.24

（六十四）

諸位：

有個問題向大家請教——「原理」和「理論」這兩個詞兒，誰的外延更大？這涉及一半兄所說科幻文學裏「科」與「幻」關係的「尺度」。我覺得前者外延更大，只要原理上說得通，便可大膽地去「幻」了。但是，原理和理論的關係又有點像雞和蛋的關係，有些原理好像是由於理論的創新而被發現的，對不對？

《三體》第三部裏寫及兩個「維度故事」，簡介如下：

1. 正如前一封信提及的，地球人的太空艦隊遇到一座被文明程度高於三體人的「第三地外文明」遺棄的「魔戒」。這個文明屬於四維世界。三維世界的地球人進入這個世界之後，就像二維世界的「扁平人」進入三維世界一樣，頓覺眼界大開，危機四伏。在三維世界航行只需三個座標，而在四維世界則需四個座標，而不知第四座標的航行是充滿危險的。對於三維世界的人來說，四維世界的第一個特徵是「無限細節」：不存在「阻擋」、「封閉」，一切都在所有層次上被展開，無論什麼都可看見，同一事物，人們接受到的（視覺）信息量爲三維世界的億萬倍。第二個特徵是「高維空間感」：三維世界中被認爲廣闊飄渺的東西，在第四維度又被無限重複，相對而言，前者僅是後者的一個「斷面」。這種縱深包含在空間的每一個點裏，「方寸之間，深不見底」。

2. 「第N地外文明」（看來它並不是「魔戒」建造者，故稱「第N」）先用「粒子」摧毀了三體世界裏的恒星及其伴屬行星（僅有航行到其他星體背面的部分三體艦隊得以幸免），接著又向太陽系發起「維度攻擊」。這一攻擊的特點是把整個太陽系都變成二維存在。逃避變成「扁平屍」的唯一方法，是在「攻擊波」到達之前，以光速飛離太陽系（我正讀到這裡，後續情節有待下回分解）。

以上兩個故事應該都是有「原理」或「理論」根據的，合乎「科」－「幻」之「度」，但是我有兩點「閱讀困惑」，希望諸位——特別是平宇、一半、耀文幫助解惑：

按我過去的「知識儲備」理解，四維空間的第四維指的是「時間」。上述第一個故事裏的第四個維度是時間嗎？如果是，爲什麼會具有「無限細節」和「高維空間感」的特性呢（我牢記著耀文說的「維度就是空間性質」這句話）？軍事家們常說：當代戰爭將在五個維度裏進行——第五維度似乎指的是電磁維度。他們說的維度概念與《三體》裏說的一致嗎？

《三體》裏的宇宙高級文明攻擊其他文明，都以摧毀對方星系——特別是其中的恒星爲終極目標。我學到的「宇宙物理常識」大概僅止於萬有引力論，老師好像說：宇宙裏一切星體的運行，都與互相的引力作用有關，由此而有軌道、秩序。如果動輒摧毀恒星乃至星系，宇宙秩序（物理意義上的）

豈不大亂？會亂到什麼程度？（作爲文學想像，那個高級文明應該曉得這種結果並能加以操控。作者以隱晦的筆法寫道：「宇宙的熵在升高，有序度在降低」，彷彿呈示著一種「造物主視角」。這裡涉及「宇宙社會學」的公理——「生存」與「物質總量不變」的嚴酷關係。「生存競爭」將會導致「物理無序」，物質總量固然不變，「結構」卻可能發生毀滅性的改變。這又好像進而涉及「宇宙社會學」與「宇宙物理學」的關係了，是這樣嗎？）

期望得到你們的輔導！預致謝忱！

斯年 2.25

（六十五）

斯年兄的問題，還能明白是個問題，也同意斯年兄的看法，亦即「原理」是對物質的本質屬性和運動規律的認知，是放之四海而皆準的眞理。像第一推動力，就屬於科幻的問題，宇宙大爆炸就屬於科幻的猜想。這裡沒有神，也沒有魔，是一種對「原理」所進行的理論推演，這種猜想和科幻帶來了科學的探知，也帶來了開闊的思路和進步。至於斯年兄所列出的三體「科幻」的內容，小弟實在是無法想像。

我現在所想的問題是：我能理解爲什麼人們會信仰上帝，爲什麼人們會感到有一個「靈魂」的存在？對於這一現象，我自己能找到科學的解釋；但我對三體作者能「幻」到如此「科」和「魔」的程度，在我自己所探討的思維體系中被看成是另類中的另類，這種「科」「幻」「魔」屬於哪一種思維體系呢？如果說，屬於創造性的自由的「想像思維」（像愛因斯坦），它也應該必須服從「形象思維的法則」，這就是爲什麼美國的科幻電影的動作都經過科學的設計的緣故，因爲就我自己的認知而言，「形象思維的準則」是衡量一切自由的「想像思維」是否具有價値的試金石。人類至今的歷史，不知設計了多少款交通工具，但沒有一款是輪子朝天的，即使神話中腳踏風火輪的哪吒也是如此，這就是「形象思維」的老大地位，它主宰著自由的「想像思維」是否合乎宇宙的情理。用抽象思維和自由的「想像思維」構思的作品，要經得起讀者」科普知識和「形象思維」的檢驗，這才是優秀的作品。

還有「世界」和「空間」應該是兩個概念。時空一起構成了四維的世界和宇宙。二維的面是幾何的定義，二維的世界是不存在的。三維的空間是人類的抽象化的認知，三維的世界也是不存在的——斯年兄所引述的「三體」內容，這已經不是「科幻」，而是「幻科」了。

據斯年兄的介紹，《三體》一書的作者取得了很大的成功。敢想、敢寫，暢想又具有小說的文筆和既好奇又能吸引人的特色，體現了作者的才幹。既是小說，就不是現實。其中的內容，是否都屬於科幻，也就只能是見仁見智而已。

個人的淺見，不當之處，請予指正。

一半 / 2.25

（六十六）

《三體》只是聽了斯年兄的吹風，知道一點點皮毛；《好大一個家》則斷斷續續地看了大部分，因爲我有點迂腐地在寫自己的作業。在斯年兄和陳佩斯的啓發下，有所感悟：一個眞正的喜劇演員，是多麼地偉大。

兩者都是自由的想像，故事的情節都是抽象的構思——都是別出心裁，別人想像不出來的，或至少是不能完全想像出來的，但是有著一些重大的差別：

兩者都是在人所共知的四維時空平臺上演繹著他們抽象構思的故事，前者以改變這個時空平臺爲核心來演繹著「自由想像」的神奇；後者則以嚴格的抽象構思，保持時空平臺的一致性、多變性和延續性。

前者的工夫花在比科學家更爲抽象的「幻想」上，因此像蘇大這樣的文學教授和科學的鑒賞者，對《三體》也得下工夫去拜讀，憑著獨立思考而有所猶疑；後者的工夫則花在和大多數人能引起共鳴的形象認知上，儘管觀眾知道所有這一切都出自於陳佩斯團隊的抽象構思，但由於所有的表演都是花了工夫的形象思維的信息輸出，則獲得了強烈的反響——人們都知道是在演戲，是假的，但還是把它當做眞的，迸發出發自內心的笑。

前者爲了「科」的「幻」的情節的展開，在宇宙中設計了「隨意構思」的時空平臺，目的是爲了「文明之戰」，將地球上的政治思考延展到宇宙和地外文明，而且是更爲毀滅性的戰爭——不過，科學家們對宇宙的研究和發現，最爲感歎的是祂的和諧；《好大一個家》沒有取笑任何人，一切都在矛盾的情節中，一切都在笑的和諧中。

宇宙的眞正的、永恆的美是時空變幻的連續性、多樣性中的一致性——和諧就是美。

《三體》作者與陳佩斯都是奇才，但是思維的側重點和思維的取向不一樣，就帶來了不一樣的受眾——至於誰能得獎，那不是第一位的。

文學、文藝更是一竅不通，在斯年兄和各位的面前多言幾句，只是一點感慨，也是對我們所做的家庭作業做一些實際的對照。

我不知道，寫小說是不是更應該和人們經驗過的形象思維更加接近？還請斯年兄教正。

不當之處，敬請指教。

一半 / 2.26

（六十七）

科幻的東西我不敢說，因爲實在不懂，也說不清。但是關於戰爭，我還是知道一點，因爲這是人類眞實歷史的一部分，學過；而且近代戰爭與科技緊密相關，更引起我的興趣。

從人類有歷史起，好像就有戰爭，它是解決利益衝突的最高手段。最初的戰爭行爲是地面戰，只有陸軍。成吉思汗橫掃歐亞的業績成了陸戰的輝煌。不久就加入了大規模水上作戰，於是有了海軍。英國的海軍上將納爾遜的海戰成就了大英帝國的日不落稱號。二十世紀初，人類發明了飛機，於是戰爭成了三維的：海陸空。「立體戰」成了二戰後軍界的一個時髦的名稱。五十年代蘇聯發明了洲際彈道導彈和人造衛星，將戰爭開拓到大氣層外的空間，此乃戰爭的第四維。網絡盛行後，於是有了通過網絡破壞對方的技術，這就是所謂的第五維：網路戰爭。

供參考。對思維我實在是連最簡單的東西也不敢說。問個簡單問題：當我說「我是劉平宇」時，有哪些必要條件？什麼時候我說不出「我是劉平宇」這句話？

平宇 2.25

（六十八）

謝謝！平宇的「戰爭論」極其簡明扼要，看來人們對「維度」的解釋也是要看「語境」的。

至於「什麼時候我說不出『我是劉平宇』這句話？」謹答曰：1、你啞巴的時候（這裡的「話」僅指語音，不包含「心語」）；2、你不存在的時候。是爲「我思，故我在」之佐證吧。

如果僅指「『我是劉平宇』這句話」，而不糾纏於誰說，那麼即使你不存在，依然可能會有人說的——當劉平宇成爲小說、詩歌、戲劇作品裏的人物時，這就涉及文學創作的「視角」或「人稱」問題了。這些糾葛，一芈兄應該特別感興趣。

斯年 2.26

（六十九）

原理，客觀存在，上帝造，人認識。理論，人編的，上帝見了常皺眉頭。

裕康 2.26

（七十）

平宇兄講得好。

關於原理和理論，我體會：理論是一幢建築，原理是地下的樁，樁斷了樓就塌了。比如光速不變是原理，相對論就是建築。私有權，平等交換是原理，市場經濟是建築。階級鬥爭是原理，無產階級專政是建築……

耀文 2.26

（七十一）

原理是天理，非人爲之。理論是爲探索原理，詮釋原理而做的人爲努力，是人爲之。原理無人能證錯，理論卻常被證僞。這應該是原理和理論最根本的差別。無產階級專政的理論被證明爲不正確，那麼把階級鬥爭做爲原理也就大大的值得考慮了。原理和理論的關係絕非房子和樁的關係，樁也是人爲打的，你的樁打在泥沼裏、火山層裏，房子照樣倒！（聯繫到平宇、一芈關於「我」的討論，）將來如若我們癱瘓了，如腦子還能思考，還有記憶，活著還有意義。如若成了植物人，雖心臟還在跳動，人已沒了自我，「我」已不在，符號的我，形體的我的存在都無意義。

裕康 2.26

（七十二）

各位：

這篇文章（按實爲一組材料，因爲很長，故未收爲附錄）應運而來，恰恰契合於「三體」諸類問題的討論，這大概就是文中所言的「量子糾纏」效應吧！

我長久以來相信「思維是電磁波」、「靈感」、「心靈感應」以及「靈魂存在」之說，並無需科學的驗證和宗教的訓導，也無需與人言說與爭論，只是來自自我感知。

如果當今學者能夠將高深的科學與神學進一步溝通，未嘗不是好消息。

請不要錯過此文！

裕群 2.26

（七十三）

非常感謝裕群發來這組材料！又回到朱清時的那個講話上來了。討論科學與宗教的關係非我之所能，我感興趣的是此類材料的「文學價值」即拓展想像閾、誘導想像力的價值。

斯年 2.26

（七十四）

對「維度」的解釋也是要看「語境」，說得太好了！

由於我們在討論，我說了什麼之後，你們就知道是劉平宇說了什麼。前提是你們知道我是劉平宇。可是我自己怎麼知道我是劉平宇呢？這個最基本的認知是從哪裡來的？

這才是我的問題。

平宇 2.6

（七十五）

平宇：

首先，你能否回答：你是在什麼時候會說：「我是劉平宇」的？

大概比你回答「他是誰？」,「它是爸爸」要晚。緣何？因爲比「爸爸」多了一個身份——主體。

所以「我」既是主體，又是客體。他在哪裡？你應該能爲他定位了。

當中樞神經系統的功能形式——中樞神經網路正常工作的時候，這就是「我是劉平宇」的意識，否則可能是殘缺的、抑或無此意識的大腦。這裡潛藏著的是人的第六感官系統——中樞神經網路系統，一個動態的精神系統。

如「幻」得不太離譜，那麼這個網路的模型只能請數學家平宇來幫助建立和求解了。

一半 2.26

（七十六）

謝謝一牛兄和裕康的開導。我總覺得「我」是代表我腦子裏的全部記憶。我告訴我太太，如果我得了失憶症，不知道我是誰，那就讓醫生了斷了比較好，因爲那樣的生命是 meaningless.

一個善意的警告：不要在我字上鉆牛角尖，還是讓我們忘我地擁抱生活，探討眞理。是不是有點「鴕鳥政策」？

平宇 2.26

（七十七）

謝謝平宇 2 月 6 日函裏的誇獎！其實我說「對『維度』的解釋要看『語境』」，僅僅出於看到了諸家解釋的存在差異。「感性認識」而已，不知在理論上「好」在哪裡，平宇能否賜以解釋？附帶再說一個「感性認識」——讀了一點「分形理論」之後，注意到其中談及「維度」不僅是整數的，而且可以（也應該）是分數即小數點後的。這樣，「高維空間」的維度，就不止 11 維，而是多達 N 維了。如此理解對不對？如果對，是僅僅限於「邏輯」還是也包括「事實」？

「我自己怎麼知道我是劉平宇呢？這個最基本的認知是從哪裡來的？」一牛覆函說來自第六感官系統，這是一個理論性很強的答案。我只能給一個非常俗的答案：「從你爸媽給你起名字來的。」不知這個答案與一牛答案是否一致？是否也包括在可建的「網路的模型」之中？

讀了裕群發的那份材料，結合此前關於朱清時講話的討論，我覺得不應得出「佛教也是科學」（或「更科學」）的認知，而應得出「弦論與佛學在哲學上『相會』了」的認知；推論起來，科學與宗教在哲學層面也是有或可能具有「重合」範疇的，二者是可以進行「對話」的；再推論下去，宗教法庭燒死科學家，從宗教角度講也是愚蠢的、「反宗教」的，而無神論者排斥宗教，同樣是愚蠢的、「反科學」的。這樣瞎掰是否站得住腳？是不是詭辯？請諸位指教！

斯年 2.26

（七十八）

一牛的論述（已是「論文」了）科學性很強，對我來說，有些地方（例如神經元網路等）依然類乎天書。不過，經驗告訴我：嬰兒確實是沒有自我意識的，當他（她）第一次看到鏡子裏的自我形象時，總會到鏡子後面去找那個「他（她）」的，和小貓一樣。法國哲學家拉康由此而建立了他的「鏡像說」。我女兒啃過拉康著作的英文版並在論文中加以引用，但是她的「心裏話」是：「看不懂，神經病！」裕康轉發的參考文章雖然側重於講（作爲社會關係總和的）「人」，但是「我」也就在其中了。所以，我又贊成平宇的「鴕鳥政策」——當然，也堅決支持一半把他們的「天書」繼續寫下去，因爲認知無限本來就是「人」的天性。既是「人」的天性，也就是「我」的天性咯，爲什麼又「鴕鳥」起來呢？因爲同是天性，能否得以充分展開，又是因「人」而異的。爲什麼會「而異」呢？大概還得從「社會關係」和「天性」之「個別性」去尋找根本原因罷。

斯年 2.27

（七十九）

最可悲的是當我失憶之後，周圍的家人朋友都知道我還是那個劉平宇，而只有我劉平宇不知道我是劉平宇。怎麼解釋這種現象？

我之所以會這麼想是因爲在讀愛因斯坦生平的資料中，曾讀到一段令我心酸的文字：「那時普林斯頓大學校園裏，經常能碰到一位白髮老人，他總在向路人問同一個問題：『請告訴我哪裡是我的家』。這個老人就是愛因斯坦。」二十世紀最聰明的人也失去了自我！爲什麼？

平宇 2.27

（八十）

愛因斯坦一輩子在思考宇宙的奧妙，最後還在尋找宇宙的那個奇點——那個家。

以上是我做的一個解釋，是爲一半兄提供一個什麼叫想像的例子。

人失去了記憶，便剩下一堆物質。便可退出靈界，去和低等的有機物質爲伍。

裕康 2.27

（八十一）

平宇終於還是一隻不肯鑽沙子的鴕鳥！不過，老年愛因斯坦之問裏還沒忘記「我」以及「我」有個「家」，所以他還不是一堆物質。這或者也還差可「告慰」吧！

有趣的是，平宇的「悲觀主義」和《三體》頗有相通之處：劉慈欣在書中擔心並已加以展示的，是宇宙的「失憶」——大坍縮，宇宙末日。不過又要來個「不過」，他又通過「智子」（她已成爲一個和人完全一樣，並比許多科學家還有學問的、永遠年輕的大美人）和兩位地球科學家之口告訴人們:「宇宙在品質上的設計是極其精巧的」，這充分體現著「宇宙數學之美」。宇宙坍縮爲奇點，既意味著它的死亡，又意味著新的創世大爆炸的開始，新宇宙及其「田園時代」的到來。這個新宇宙在宏觀上一定是高於四維、甚至很可能高於十維的。「在新宇宙中，舊宇宙的移民幾乎屬於同一種族了，應該可以共建一個世界。」新宇宙的多維性，意味著「可能有多於一個的維度是屬於時間的」，因而一定會「使生存的幾率大大增加」。這個新宇宙「一定體現著最高的和諧與美。」同時，在面臨舊宇宙的末日時，「智子」被地球人倫理中的「愛」和「爲責任活著」的意志深深感動，從而也體現出作者對「地球倫理」中的「善」之充分肯定。

一芈在 26 日來函中說，《三體》作者的想像達到了「魔」的程度，這一評價在美學上是站得住腳而且很高的。一般而言，西方的浪漫主義作家裏頗多「天使詩人」，而現代主義作家裏頗多「惡魔詩人」（這裡「詩人」一詞是廣義的）。多數科幻作家寫外星文明，都傾向於「性善說」，傾向於展示宇宙的和諧美，他們屬於「天使派」的科幻詩人；劉慈欣則反之，就此而言，他確實是位「惡魔派」的科幻詩人。然而，上面介紹的情節（還有更多，來不及介紹）證明，他又是位具有「天使情結」的「惡魔詩人」，這就使他所寫的宇宙悲劇既有驚心動魄的震撼力和衝擊力，又有柔情似水、理想不滅的浪漫精神。非常了不起！

平宇的「悲觀主義」同樣也是與樂觀主義共存的。你在 26 日的信中說得多好——「不要在我字上鉆牛角尖，還是讓我們忘我地擁抱生活，探討眞理」吧！以「忘我」二字回報「『自我』天問」，這不就是「爲責任而活著」的崇高地球倫理嗎！

斯年 2.28

（八十二）

諸位齋友：

一牛夫婦在一封信裏讓我談談從「形象思維」出發的對相對論的認識，下面是我的回信，也算讀書筆記。是否靠譜，敬請指正——

我對廣義相對論和狹義相對論的理解，大概不如你們外孫讀中學時的水準。例如後者，我以爲時差便是也；前者，那個常被引用的公式倒是看得懂的，而且曾經膽大包天地在課堂上給學生展示過，想藉以說明科學之美和簡約之美，不過我的學生聽了個個呆若木頭，毫無反應。

對廣義相對論的「形象思維認識」，讀《三體》時，倒有兩次「識」得刻骨銘心：

1、地球人裏一位年輕漂亮的女航天科學家程心，曾從理論上探討如何將火箭速度提高到光速，從而實現眞正的「外太空」（銀河系外）旅行的問題。他們考慮過「折疊時空」方案，即把目標（銀河系外上千百光年的星座）「拉」到出發點的「面前」來。這個方案在技術上實現的難度太大了，於是她退而求其次，尋求「曲率驅動」——由於時空彎曲，所以飛船在太空裏的航跡也是有曲率的，既然無法把目標「拉」過來，那就考慮把尾跡「抹平」，從而找到比工質發動機強大多多的推力。程心提出這一方案後，便奉命進入「冬眠」，上百年後奉命醒來，發現她屬下的科技公司已經製造出了曲率驅動飛船。

2、程心和她的助理艾 AA 乘坐曲率驅動光速飛船，來到銀河系外某星系一顆名爲「藍星」的類地行星，並在那裏遇見隨地球太空艦隊出征的宇宙科學家關一帆。他們又發現，在曲率驅動飛船的「尾跡空域」裏，光的速度卻會消減，直至達到每秒 16.76 千米，如再受到擾動，將會形成「黑域」（又名「光墓」）。程心隨關一帆乘坐曲率驅動飛船，到同一星系的另一顆行星「灰星」進行考察，返回時二人進入短暫「冬眠」。醒後將向藍星降落時，突然遭遇其他光速飛船尾跡形成的「黑域」，飛船劇烈失速，裏面的光速電腦、量子電腦全都失靈，幸而還有一部備用的神經元電腦，使飛船恢復了自動控制狀態。窗外可以看到藍星、灰星由於多普勒效應而產生的紅移、藍移壯觀。等到他倆在藍星著陸時，就像從爛柯山裏回來的樵夫——「山中方一日，世上已千年」！

以上「形象思維」是否符合賢伉儷的設想？請鑒定。

由此想到我的那些學生，要讓他們眞正讀懂《三體》，恐怕比我更加難。

這倒恰又反證出一個值得深思的文學現象：優秀的科幻文學，眞的屬於「『不通俗』的『通俗文學』」，「『小眾』的『大眾文學』」！辯證法好無情！

斯年 3.3

《三體》電影宣傳片截屏

（八十三）

斯年兄：

所說兩點科幻情節，是屬於沒有領會愛因斯坦相對論實質的自己的想像，嚴格來講不能屬於形象思維——形象思維的特點，就是要符合宇宙的規則，因此他的作品應屬於「想像思維」。我所畫的跳水運動員和他的教練是形象思維。形象思維是第一性的思維，當你輸出到客觀世界的時候，能行得通。即使做不出來，但在原理上應該成立。相對論的實質是不變性原理，所以跳水的最終結果是運動員入水——這一結果是不會變的。

就兄所介紹的內容中新的術語而言，（許多）都是作者杜撰的，沒有先驗的理論、先驗的形象，別人不知所指，不是人們所共同認可的符號系統，所以只能是作者的想像思維。

我不太傾向於讓你的弟子們去讀這部書，讀不懂是正常的，因爲他的想像過於超人，特別是：時空是一個平臺，像「曲率驅動」、「折疊時空」只是將人們視爲最爲嚴肅的時空概念變成了玩弄於股掌之間的玩物，這對於青年人是不利的。

作者是工程師，不知他從事什麼工程，和取得過什麼樣的工程上的成功

——對此，小弟有點兒存疑。

我正在論證的「形象思維」之所以是經典的人和動物所共有的思維模式，因爲它嚴格地遵循宇宙的一些基本的法則。《三體》似乎不在乎這些，那就是他自己的想像思維——強調的是一個「幻」字，小說有小說的標準，對此實在不在行。

一牛 / 3.4

（八十四）

一牛兄：

一、《三體》作者好像畢業於華北水利電力學院，原是電力方面的高級電腦工程師，現在是山西作協的副主席，專職作家。

二、「曲率驅動」大概是從「時空對折」引申出來的，後者我似乎在某篇談相對論的文章裏看到過（當然不是理科正規論文，但也決非文科作者寫的）。《三體》裏屬於作者杜撰的「科技術語」頗多，作爲文學創作，這是允許的，但是多了便會導致晦澀，影響讀者的接受。

三、看來你說的形象思維和我們文藝理論裏說的形象思維內涵有別，後者不講你們那種「科學性」。對於科幻小說來說，想像應該有起碼的科學根據，但不必要求經得起證僞。按你的理論體系和術語，文藝創作大概用的就是「想像思維」？

四、我的學生早非「青年」了，他們都是從事文學研究、教學的，什麼文學作品都得看。

斯年 3.4

（八十五）

斯年兄：

就作者來說，寫部小說，取名《三體》，無可非議。小說，就要想像，暢想才能過癮。但是定位在「科幻」就有點値得推敲：你是用科學的原理來幻想、來想像，來寫時空平臺上有關人和神、鬼、魔、外星人的小說；還是用小說的想像來寫科學本身，包括時空平臺及一切登臺演員演繹的故事。我的領會，前者是「科幻」；後者是「幻科」。

如評論家對作者有爭議，絕非是小的認同上的差異，而是「兩條路線的鬥爭」——所以，問題是：誰將小說定位在「科幻」這個層次上的呢？

「幻」=「想像」，所以無禁區，可以幻神、幻鬼、幻天堂、「幻宇稱不守恆」（李政道、楊振寧、諾貝爾獎）與「幻宇稱守恆」（淩克斯〔註10〕夫婦）。有一條，「科幻」你不能任意杜撰科學的辭彙；「幻科」，則是自由的創造，可以。我們的幻「宇稱守恆」實際上是科幻，我們的論文沒有杜撰一個科學辭彙，所以是可以證實也可以證僞的。（下略）

一半 3.4

（八十六）

一半兄：

（前略）

關於「科幻」和你之所謂「幻科」，我的基本看法是：科幻文學首先是「文學」，所以想像空間要大得多，也自由得多；科幻文學有狹義、廣義的區別，作爲文學，應該允許你所說的「幻科」想像。你說你的（關於「宇稱守恆」的）論文「實際上是科幻」，所以不杜撰科學名詞，這是把文學概念用到科學領域來了。這種引用本身就不科學，因爲你們的論文是科學論文而非文學作品。

文學裏的「科幻」與「非科幻」的根本區別是：前者之想像基於「物理」（不是學科概念，而指「物」之「理」），即自然規律（包括「人－機功能」等）；後者之想像基於「玄理」，說白了，就是把一切奇跡、神功都歸諸（這個「諸」字=之乎，有位編輯曾經硬在後面加上一個「位」字，鬧了笑話）生命主體的「特異功能」——法術、神功、法寶，都是仙、佛、魔、鬼「修出來」的「生命層次」及其表現（因爲談的是文學理論，所以我敢用「生命層次」這樣也許會被視爲「杜撰科學名詞」的名詞）。

斯年 3.6

（八十七）

諸位：

附件爲《三體》作者劉慈欣最近發表的一篇科幻文章〈文明的反向擴張〉〔註11〕，竊以爲值得一讀。

〔註10〕「淩克斯」爲「一半」的另一筆名。

〔註11〕此文可在互聯網上查到。

《紐約客》曾刊載喬舒亞・羅斯曼的文章，稱劉慈欣的科幻小說是「對極限問題的哲學思考」。不知原文中「極限」一詞用的是哪個英語單詞，我覺得如用漢語，更適宜的單詞該是「終極」。這篇談「反向擴張」的文章，也是一種「終極思考」吧。

或許這裡包含作者下一部長篇科幻小說的構思？如果是，他又將面臨更加巨大的挑戰——就「科」字而言，首先橫在面前的是如何處理當前的轉基因爭論，其次包括生物學、生命科學等領域的尖端問題；當然，還有一個宏觀意義上的「科學」與「社會學」、「史學」的關係問題，等等。如果應戰成功，將可讀到又一部石破天驚的長篇科幻小說。倘若作者確有此願，希望他能避開「市場引誘」，潛心創作，儘量少留遺憾。

從大劉此文可知，美國科幻小說《引力深井》「是描寫遙遠未來的一個呈力場和輻射狀態的人類文明」的。所謂「呈力場和輻射狀態的人類文明」，不知是否與咱們弄不清楚的「矽基生命」、「恒星生命」、「電磁生命」有關——《三體》作者在類似語境下有時又用「智慧」一詞；也不知這種語境下的「智慧」與「生命」是否等同。我覺得作爲「科學想像」或「想像中的科學」（即一半之所謂「幻科」），這些都是值得討論和探究的。

斯年 3.14

（八十八）

這（「反向擴張」）是個哲學問題，也是個數學問題，我輩老人正在體驗著：把欲求縮得小而又小，工資就變得大而又大，可以與億萬富翁試比高。文明反向擴張的條件是：有本事不被踩死。

——肇明戲言

（八十九）

精闢！肇明兄的「戲言」點到科幻文學往往存在的一處軟肋——「社會科幻」、「歷史科幻」、「人文科幻」範疇有點蒼白，而這在描寫「理工科幻」故事時又是不可迴避的。

斯年 3.15

（九十）

（前略）

（來信說：）美國科幻小說《引力深井》是「描寫遙遠未來的一個呈力場和輻射狀態的人類文明」的。所謂「呈力場和輻射狀態的人類文明」……

這部美國科幻小說的題目非常好，而且後面對內容的描述，可以吸引很多喜好物理學和地球文明的人自覺地參與其中——因為它是在「引力」與「人類文明」這樣兩個基點上做文章。地球的引力場本身就是向外輻射擴散的，引力場本身既是時空平臺，又是平臺上的演員，某種意義上：引力場=人類文明。供參考。

我們做的功課，與此間接相關。

一半／3.14

（九十一）

一半兄：

你在 14 日的回信裏說「引力場=人類文明」，能否加以稍微詳細一點的解釋？是不是指引力場與生命形式相關？

斯年 3.16

（九十二）

斯年兄：

我只能談談我對這個問題的感知。

引力的認識起源於牛頓，而且在引力的基礎上，牛頓建立了一個完整的經典力學體系。也就是說，除了第一推動力不知道外，一切都是因果相隨的關係。

愛因斯坦的貢獻，是把牛頓的發現變了個樣子。這個新的描述的核心是：

1、引力場=時空

而時間，在宇宙中只有人類才能把它抽象出來。只有當人類從時空中，也就是說從引力場中，覺醒到時間的時候，人類才有了不同於動物思想的抽象思維，或者說讓思維（包括形象思維和抽象思維）有了歷史的地位。這才有了人類的文化、物質文明和精神文明。

所有人類的進化，或者說生物的進化，都是起源於量子的起伏脈動，但是有一個永恆的制約條件在進行自然選擇，這就是「引力場」。我在《時空與靈性》（一書）中有一個由衷的表述：「人體美——地球引力場的寫真」。

2、引力場＝人體美

人類的所有的文明創生都以時空爲伴侶，也都要經得起時間的檢驗。很多被淘汰的文明，實際上是現代文明的前奏、雛形、低級階段——表面上看是時間在起作用，實際上是引力場在主宰著這個世界。即令是亞原子粒子世界的實驗，由於引力場的效應很微弱，常常被忽略不計，但所有這一套實驗裝置依然是在引力場中運行，所有實驗者都要在時空的座標上來總結和描述實驗的結果。人類的卵子在進入輸卵管時就不是你想的那個方向，而是被纖毛汲取進輸卵管的，等等，這是生物學。人類的各種學科，包括文藝創作，都得尊重引力場，誰都同意這樣一句話：「人往高處走，水往低處流」，反之則是在違反自然法則。也就是說，人類的文化進化也同樣受著一個永恆的條件的導向：引力場。

引力場的實質是什麼？近幾年沒有看相關的書。原來的印象是，有一個希格斯粒子，是產生引力的，弦論的多少維似乎也可以表達引力子，反正沒有定論。我們的認知暫時就到引力場爲止是合適的，有這麼大的科幻的空間已經是足夠大的了（這就是裕群所說的「知止」）。那麼，其他星球上如果有生命，有和生命相關的精神出現（這一點，就我們現在所做的工作而言，自己認爲是會有的），那麼他們的文明也會在宇宙最基本的共同條件——引力場——的制約和導引下發生、進化和創造，只是他們的文明會帶有各個星球自己的特色而已，如果我們地球的文明比他們的要早、要好，那麼也可以輻射到那裏去。所以我們說，某種意義上：

3、（地球）引力場=地球文明＝（近似）宇宙文明

這在某種意義上應該是一個定理，因爲文明的產生，首先是一種因果關係——這一點恩格斯講的非常好：

「物質在它的一切變化中永遠是同一的，它的任何一個屬性都永遠不會喪失，因此，它雖然在某個時候一定以鐵的必然性毀滅自己在地球上的最美的花朵——思維著的精神，而在另外的某個地方和某個時候一定又以同樣的鐵的必然性把它重新產生出來。」

《三體》的最大的遺憾，就在於作者沒有意識到：爲什麼愛因斯坦是和馬克思並列的千年第一偉人。

實際上，也是老兄說對了：「是不是指引力場與生命形式相關？」（對，）引力場是和生命形式第一相關（的）。

這只是我們的學習心得，不當之處，請指教。

一牛 3.16

（九十三）

一牛兄並諸位齋友：

一牛 16 日函闡述引力場與生命、文明的關係，我覺得非常精彩——這是一個「科普讀者」對一位科學家的理論認知之深切感受。

信中談到，愛因斯坦的「新描述」之第一個核心乃是「引力場=時空」。這使我回想起耀文 1 月 14 日來函中的一句話：「時間是熵變的方向，而熵實質是無序性的指標。」當時我在回信中說：「對數」和「熵變」的概念早都還給中學老師了，其實，對後者的理解模模糊糊地還是有的。現在所以回想起耀文的話，是因為發現自己過去對「時間」的認識太「非愛因斯坦」了——在我們這個行當的許多論著裏，往往都把「時間」闡釋為線性的、有序的、向量的東西；所謂空間乃「共時性」的、時間乃「繼時性」的之類說法即然。此類說法顯然忽略了「時」與「空」的一體性，而耀文說的「時間是熵變的方向」則意味著空間也是一種「熵變」的存在，如把空間的方向僅僅「定位」為東、南、西、北和上、下，也是一種很「非愛因斯坦」的觀念。從這個角度去回顧《三體》裏對「四維空間」的「景象」等描述，我倒覺得作者並無「非愛因斯坦傾向」。

一牛兄對《三體》的瞭解來自我對該書片斷情節的介紹，其中或帶「誤讀」，更未反映全貌，所以對於此書的「最大遺憾」究竟是啥，似乎尚待仔細探討。

前幾天讀到一位網名「奧德賽暗流」的讀者所寫評論以及許多網友的跟帖。他們多數屬於「非『劉粉』」，而且看來多為年輕人和理工背景者。「奧德賽暗流」批評得最尖刻處，亦即攻擊的靶心，集中在書中渲染的「失敗主義」。

「奧德賽暗流」的第一篇評論題為〈信盧瑟，永世不得超生〉。按「盧瑟」為 Loser 之音譯，據說這個中文辭彙最初出現於耀文他們那個校友網（不知是否專門針對《三體》而創）。這位批評者說：《三體》裏沒一個人物不是「盧瑟」，所以它是一部「最糟的科幻」。我覺得這一批評有說得對的地方，那就是看到了劉慈欣此書的要害在於「宇宙悲觀論」。日前遇見范伯群教授（他是通俗文學研究領域的權威），他說也已讀完《三體》，我對他談起這篇評論，他說：「當然全是失敗者啦！宇宙都毀滅了，怎麼會有勝利者呢！」不過，我認爲「奧德賽暗流」因此而否定全書的科幻成就是很片面的。反過來說：書中沒有出現一個好萊塢式的拯救地球（往往也是「拯救」非美國文明）的英雄，正是《三體》的一個優點。作者筆下的「盧瑟」並非千人一面，頗有不少性格鮮明或比較鮮明的角色，特別是那些執著於「善」、「愛」和「責任」的人物，其性格的這些方面，決不是硬添上去的一筆「亮色」。

不過，又要「反過來說」一下：「奧德賽暗流」及其某些跟帖倒也道出了《三體》在「寫人」方面存在的不足。這種不足反映著劉慈欣的科幻文學觀：他認爲科幻文學的「靈魂」在於「科學」，而「首先不是其中的文學人物」（見〈混沌中的科幻〉一文）。他說「大部分科幻名著並不是由於其人物而流傳下來的」，這是科幻文學與「純文學」的區別之一。這固然不錯，但是作爲「文學」，科幻小說又是完全可以（而且應該）通過寫人來寫科學的（不寫人的科幻作品例外）。《三體》裏的人物，有的性格很有特色但未得以展開，有的寫得有始無終，當與作者上述觀念分不開。如能更好地圍繞人物來構思故事，從而展示科學之美，作品的「靈魂」肯定可以更加豐滿。當然，科幻小說裏寫人，性格往往趨於「扁平」，極少見有寫得像純文學名著那樣「渾圓」的，這也是事實，即使凡爾納也是如此，讀者也不期望科幻小說會把人物性格寫得「渾圓」。就此而言，《三體》裏的一些人物又是寫得相當不錯的，不可因其「盧瑟」而否定之。

從我讀過的那些帖子還可看出，許多年輕讀者讀《三體》，其注意點倒是集中於社會問題的。這很令人欣慰，但是對於「硬科幻」來說，這方面的要求不宜過高，因爲作者實在對付不過來。

以上想法是否妥當，請大家指正。

斯年 3.17

（九十四）

我與科幻有過一段緣。上世紀八十年代初，我結識了肖建亨，當時他是中國科幻「四大天王」之一（還有葉永烈）。肖與我策劃了一套科幻譯叢，我第一次出版了三本科幻譯作，從此對科幻及其理論產生了興趣。後來在中央編譯局工作的二十多天裏，我從他們圖書館借到一套《世界科幻作品集》（二十多卷、俄文版），阿西莫夫、克拉克等就是在裏邊讀到的。大劉說科幻的靈魂是「科學」，沒錯，以前的說法是：科幻姓科。所以蘇聯作協是不接受科幻作家入會的，唯一例外的是接納了一對兄弟（姓氏記不起來了），他倆破天荒另闢蹊徑，寫的是人文科幻，「走向了世界」。我費大力氣找到一本來讀，啃了一半啃不下去了，只好作罷。但即使半本，也未見圓形人物，不姓科，卻改姓哲了。可見科幻還姓科。斯年兄說的對：科幻中的人物均呈扁平。但希望渾圓，恐不實際：渾圓要靠社會和關係支撐，科幻中的世界只是科幻世界，除非是另一類型的渾圓。金庸的武林世界歸根結蒂還屬於人的世界。

——肇明

（九十五）

諸位：

一半兄曾說我似乎要寫「科幻文學論」，這是萬萬不可能的，因爲科幻小說讀得太少。國外的，此前除儒勒・凡爾納諸作之外，只讀過蘇聯伊林的幾篇和一本忘記作者姓名的《加林的雙曲線體》（還有一本忘記作者國籍的關於隱身衣的小說）；國內的，除了高士奇的幾篇（那不是「科幻」而是「科普」）外，只讀過一篇〈珊瑚島上的死光〉；至於科幻文學理論，除魯迅的〈《月界旅行》辨言〉外更是一點也沒涉獵過。如此貧乏的知識儲備，怎敢寫什麼「論」！現在只能彙報一點閱讀《三體》過程中產生的、對於「眞實性」或「藝術眞實性」的思考。也不是什麼「論」，仍舊屬於「瞎掰」。

「五四」以來，特別是「三十年代」以來，咱們的主流文藝理論和文藝批評，在衡量作品寫得是否「眞實」時，所取首要或第一標準（亦即「尺度」）總是「生活」（或稱「現實」）。這是一種「西化理論」，考其淵源：近的，有俄國的別、車、杜（別林斯基、車爾尼雪夫斯基、杜勃羅留波夫），到了三十年代中後期進而變爲「社會主義現實主義」；遠的，當可上溯到歐洲的實證主義和自然主義。茅盾由自然主義到寫實主義再到社會主義現實主義的歷程頗具代表性——他是中國最早介紹「新浪漫主義」（即西方現代主義）的中國作家，可是解放後寫的《夜讀偶記》，居然把一部中國文學史概括成了現實主義與反現實主義的鬥爭史；郭沫若也具典型性，他是五四時期最有名的浪漫主義作家，可是解放後居然不敢自認浪漫主義詩人。

當然，我學過的文藝理論並沒把「生活眞實」和「藝術眞實」混爲一談，毛澤東講的那幾個「更」，便是衡量藝術眞實的「經典尺度」。但是，這幾個

「更」的基礎，依然是「生活」或「現實生活」。是爲「反映論」或「再現說」的眞實觀。

正是出於這樣的文藝觀，許多非寫實主義的作品在上世紀五十年代都被列爲禁書。1956 年 1 月 13 日文化部發出〈關於續發處理反動、淫穢、荒誕圖書參考目錄的通知（56）（文陳出密字第 9 號）〉，要求「肅清」二十一位作家的作品，其中就包括寫「神怪、荒誕」小說的還珠樓主。八十年代初，我們到上海圖書館查閱通俗文學資料，這些作品還都鎖在一個特別書庫裏，由兩位工作人員分掌兩把不同的鑰匙，一個人是打不開這「特藏庫」的。同時得知，當年收繳的此類圖書全被送往造紙廠「回爐」；僅留三套（或四套？記不清了），分別由上海圖書館、上海作協資料室和中宣部資料室（或社科院資料室？也記不清了）「存檔」。想到這裡，彷彿悟出了從解放後至四人幫倒臺，這幾十年來科幻小說爲何始終發不出芽的重要緣由。

其實，中國傳統的文藝觀是並不「求眞」的。至遲在唐朝，作家們就已「作意好奇」、「盡設幻語」（明胡應麟語），也就是不「求眞」，而「自覺」地「造假」了，所以唐之小說即名「傳奇」。宋時蘇東坡與友人說笑話、講故事，稱「姑妄言之」；清代漁洋老人給《聊齋誌異》題寫的「獻詞」，是「姑妄言之姑聽之，豆棚瓜架雨如絲。料應厭作人間語，愛聽秋墳鬼唱詩。」這些故實，都反映著一個「設幻」傳統——漁洋先生更把它「痛言」爲「厭作人間語」的傳統。這一傳統至今仍爲民間所認同，1960 年我去遼東的海島上采風，農民、漁民都不用「故事」這個詞兒，而稱「瞎話」——講故事是「說瞎話」，寫小說當然也等於「寫瞎話」了。而在中國戲曲裏，從案頭文本到舞臺藝術，處處都要明示假定性，並且形成了一整套嚴密的、昭示假定性的「程式」，同樣遵循的是這一傳統。書畫藝術亦然。

「假作眞時眞亦假，無爲有處有還無」（這個「還」字，我認爲應該讀 huán，回歸也）。我覺得曹雪芹爲太虛幻境設計的這副對聯，又勝過許多古代小說論。這裡的「眞」，指的就是「生活眞實」。上聯說的是不能用生活眞實作爲衡量藝術作品的尺度，下聯則把此一道理上升到老莊－釋迦哲學的高度。

反觀西方，也並非都是「求眞派」、「寫實派」，也有明確宣告「生活和偉大的作品之間，總存在某種古老的敵意」的作家，而且存在一個（似乎越來越趨向）非寫實的傳統。

既然如此，那麼衡量「藝術眞實」的尺度應是什麼呢？從裕群轉發的凱芬教授文章開始，我接觸到了「分形」這一數學概念；後來又得到耀文的輔導，並從網上稍微涉獵了一些相關常識，引起三點很大的興趣：1、分形原理告訴我們，度量結果之「眞實」與否，是因所用「尺度」而異的；2、耀文發來的以及網上刊載的許多分形藝術圖片，讓我們看到一種根本不「反映現實」的藝術作品；3、「衡量」這些分形圖的「尺度」，乃是一種變數即函數。

用上述三點對照文藝問題，又產生了如下聯想：

1. 可把文藝作品也都視爲「分形成果」，衡量它們的尺度也是由其「自相似性」而導出的一個像函數那樣的變數，這個變數殆可稱爲「自洽性」。

2. 所謂自洽性，通俗地講便是「能自圓其說」，這在非現實主義的文學作品裏表現得特別鮮明。民國時期有位最善於談妖說鬼的作家平江不肖生（向愷然），他最大的本事便是能把假的說得像眞的一樣——這裡的「眞」並不是「現實生活」之「眞」，而是特定「語境」裏的因果關係，這一因果關係可以是非現實的，但在（作者－敘述者的）敘事和（讀者的）接受過程中，卻完全得到讀者的認可；這種認可帶有「忘我性」，即暫時忘記身處其中的「現實」，而「跟著」作者進入那個虛擬的世界。所以，藝術的眞實性就是它的自洽性；這一定義可以涵蓋一切文藝作品，包括「現實主義」或「寫實主義」的。

3. 我用「因果關係」這個說法，而不用「邏輯關係」這個說法，是因爲許多文藝作品裏的因果關係不僅是非現實的、非科學的，而且是「非邏輯」乃至「反邏輯」的（例如在非理性主義的荒誕小說裏）；在此類作品裏，事物的因果關係也往往是不清晰的，潛隱的。凡此均不影響文藝作品的「自洽性」。所以，從科學的角度考察，如一半兄所言：水只能向低處流；而從文學的角度說，在特定「語境」下，水卻完全可以「向高處流」。所以，這裡說的「自洽性」屬於文學藝術意義上的「自洽」，而不是科學意義上的「自洽」。科幻文學的「自洽性」要受「科學」的限制，但是科幻文學的「眞實感」，又主要決定於文學意義上的「自洽性」夠不夠強。所以，科學性固然是科幻小說的「靈魂」，而文學性恐怕也是——甚至更是科幻小說的「靈魂」。否則大眾讀者只要看科普著作就可以了。

4. 與函數一樣，文藝作品的「自洽性」也是一種變數。它主要取決於三個「參數」：作者（－敘述者），讀者，現實（或稱「客觀世界」）。這三個參數又是充滿變化的，因而決定了文藝創作和文藝作品具有無限廣闊的空間和無限豐富的形式。三個參數裏包括「現實」，這是因爲再玄幻、再荒誕的作品，在廣義上也離不開現實（作者、讀者之存在便是「現實」）。但是，我們沒把「現實」限定爲衡量藝術眞實的唯一尺度，也沒把作品與它的關係定義爲「對應」、「再現」的關係。在以「螞蟻設問」爲開始的與各位科學家的討論中，我更加深切地體會到「螞蟻」與「人」，凡人與科學家，他（牠）們眼裏和認知中的「現實」是大有區別的，而這些區別也正反映著客觀世界的「本相」（它也具有「無限性」）。日前讀到梁文道的一篇書評，其中說：「如果有所謂現實的話，就是把現實割開一道又一道裂縫，流一些東西出來，使我們看到它原來有那麼多的皺褶在裏面，有那麼多複雜的一層一層的面貌在裏面」。又說：（在優秀的小說中，）每個字詞，都是一個故事的「量子模型」。這使我想起咱們討論過的維度世界和粒子世界，證明「現實」的確也是一個豐富、複雜的變數，而「自洽性」則如一個非常高級的複雜函數。

5. 小說的「自洽性」還體現於兩個極其重要的因素：一是細節——在科幻作品裏包括技術細節和功能細節；二是人間性，包括個性、人情、世故等。哪怕寫的是妖、是鬼、是動物、是植物，只要上述兩方面寫得好，加上宏觀語境之因果網路令人認可，讀者就不會嫌假。

當否，請指正。

斯年 3.18

（九十六）

「小說的『自洽性』還體現於兩個極其重要的因素：一是細節——在科幻作品裏包括技術細節和功能細節；二是人間性，包括個性、人情、世故等。」說得精當極了！

肇明 3.19

（九十七）

平宇：

請教一個問題（或許很幼稚）——宇宙如果無限的話，宇宙中物質的總量是否也是無限的？

斯年 3.24（按此函同時另發耀文）

（九十八）

可別說「請教」。從每個人有限的知識來推斷無限宇宙的性質，大家都是在猜。我猜宇宙的物質總量也是無限的。

平宇 3.24

（九十九）

斯年兄：

你的問題與其說是物理問題，不如說是哲學問題，一涉及無限，就「玄」了。

能量守恆定律是說：一個孤立系統的總能量是保持不變的，也即在一個封閉系統內總能量是守恆的，能量只能轉換形式，不能創造或消失。

無限的宇宙不是封閉系統，能量守恆只在封閉系統成立，無論這系統有多大，總是成立的，而一個無限大的宇宙就難說了，如果說守恆，那怎麼「無限大」？如果不守恆，那增減的能量從哪來？往哪去？「無限大」即至大無外，這就落入悖論陷阱。

所以物理學只說「一個孤立系統的總能量是保持不變的」。只在有限範圍，這「有限」可以要多大有多大。

這問題有點類似幾何學的平行線公理，在直線外的一點，只可以有一條平行線，是歐氏幾何，在直線外一點可作無限多條平行線，是非歐幾何。都能成立。

這是我的理解，不一定對。

寫完了才發現你問的是物質，按愛因斯坦質能公式，品質與能量是對應的，所以道理是一樣的，把能量換成品質即是。

耀文 3.24

（一〇〇）

耀文：

謝謝你的回答。我也問過平宇，他的答覆很簡明：此事只能「猜」，他猜也應無限大。你的答覆更詳細，也更開我的眼界：我也覺得這裡有悖論，但怎麼個悖法弄不大清楚，你幫我弄清楚了。

這問題還是由《三體》引出來的：1、書中寫宇宙及其末日和新的生機，是立足於宇宙有限論（包括大爆炸和奇點說），由此我立即想起你與一半都是認同宇宙無限說的，這與《三體》的前提有別。那麼從邏輯上說，結果也就可能有別。2、書中的「宇宙社會學」公理之一是：宇宙之內物質總量不變，而宇宙間各種文明生存的需要與之存在矛盾，該矛盾又因技術大爆炸而以指數級膨脹，尖銳化，從而導致星際戰爭，直至導致「宇宙悲劇」；讀到這些地方，我又想起你和一半說的宇宙無限，所以提出了這個「物質總量」問題。

你說得很對：這是一個哲學問題而非物理學問題。《三體》作者既然要寫那麼一個大悲劇，來揭示人之爲人的二律背反，那麼採用「宇宙達爾文主義」作爲發揮想像的「框架」，當然是很「自洽」的。作品的意義還在給讀者留出了「悲劇之外」的想像，我的問題和你們的答覆就是這樣的「反想像」，它也是哲學問題而非物理問題。

流覽過幾篇肯定或批評《三體》的網文及其跟帖，作者似乎都是理工科出身的年輕人，都很有見解（例如他們早就提到了「自洽」、「達爾文（主義）」）。但是，批評者裏頗有指責大劉作品缺乏「哲學內涵」的論調，令我相當不解。我倒覺得這位科幻作家很具哲學思辨，以上所說就是。

斯年 3.25

（一〇一）

諸位好！

奉上一篇眞正的中國科幻文學史論——哈佛教授王德威在北大的講演：〈烏托邦，惡托邦，異托邦——從魯迅到劉慈欣〉〔註 12〕。最近我才曉得，這篇講稿後來也在蘇大講過。王屬夏志清學派，該派在國際漢學界影響甚大，其特點之一殆在學者群裏華人居多。

他提到的許多作品我都沒讀過，也有一些讀過的，如《新中國未來記》、《貓城記》、《鬼土日記》等，當時都是作爲政治小說、諷刺小說讀的，總體感覺是「不好看」，「太刻露」。現在反思，一是沒把它們視爲科幻文學，放到「史」的格局裏去考察。二是如果視爲科幻，則它們屬於「軟科幻」即肇明兄所說「人文科幻」；又如肇明兄所說，此類作品多「看不下去」。究其原因，殆在人文之「科」比數理之「科」難以確證，例如，烏托邦，科學嗎？又如，你說中國特色社會主義「科學」，那麼法、美的資產階級民主，北歐的民主社

〔註 12〕按此講演的記錄稿可在網上查到。

會主義，就「不科學」嗎？凡此都難作出非常「科學」的定論。既然科學是科幻的靈魂，則在靈魂尚未「成形」的情況之下，「幻」也就沒法「幻」得自信了。就我所見，像儒勒・凡爾納《格蘭特船長的兒女》那樣寫地理、寫文化人類學的「軟科幻」比較可讀，而寫烏托邦的小說，理想再崇高也不太「可讀」，原因是否與「社會－人文科學」之上述特情有關？另一方面，用「自洽性」中的「細節」和「人間性」標準來衡量，《新中國未來記》式的作品也是不盡人意的。

王德威說：科幻文學屬於「異托邦」，但是他所列舉的許多「中國科幻」顯然更屬「烏托邦」和「惡托邦」，從形式邏輯上講有點問題。問題似乎也就出在那些作品的「人文性」，「軟科幻性」。不過，他已指出「異托邦」是個「非常疏闊」的定義。按照我的理解，它與「烏托邦」、「惡托邦」的關係不是並列的，而是涵括後二者的——按照王德威引申的福柯「鏡子空間」說，不僅科幻文學，一切文學作品不也都是「異托邦」嗎！

王對劉慈欣及其《三體》的評價非常高。他的著眼點在人文精神，這無疑是對的，因爲科幻文學的「靈魂」固在科學，然而它又必須成爲「文學」，一般讀者讀它，能否被吸引，也取決於它的文學性。

不過，《三體》有它的「個性」，除了其想像的宏闊、瑰麗之外，我覺得值得注意的還有與文學性融爲一體的社會學－哲學內涵。這裡倒顯示著「軟科幻」式的「科」與「幻」，其價值則是屬於正面的。

王德威說：《三體》「是用一個未來完成式的說法來投射已經發生的事情」，因爲它講的是約一千九百萬年之後宇宙毀滅的故事。用魯迅〈《月界旅行》辨言〉的說法，當「地球之大同可期」之際，「而星球大戰又起。嗚呼！瓊孫之福地，彌爾之樂園〔註 13〕，遍覓塵球，竟成幻想」矣！我們從魯迅的話裏嗅得到赫胥黎、達爾文的氣息；而在劉慈欣的《三體》中，更是充溢著尤爲濃厚的、同樣的氣息。

用一個並不十分恰當的比喻：《三體》寫的，是個「螳螂捕蟬，黃雀在後」的故事——三體人想佔領地球，沒想到後面有個更加先進的「銀河系獵戶旋臂」文明，先把三體星系給摧毀了（王德威記錯了這一情節，這對他的「報告內容」恐怕並非「並無影響」〔註 14〕）。

〔註 13〕「瓊孫之福地，彌爾之樂園」，指約翰孫小說《拉塞勒斯》和彌爾頓《失樂園》等詩中的烏托邦式想像。

〔註 14〕該記錄稿的整理者糾正了王的誤記，但說：這對王教授的論述「並無影響」。

之所以說螳螂捕蟬的比喻「並不十分恰當」，是因爲那只「蟬」也不簡單：地球人裏的精英在面臨比自己強大得多的三體人面前沒有退縮，他們用向全宇宙廣播三體座標的手段嚇阻三體人，促成了三體世界的被毀；而那只「黃雀」，則不但叼走了「螳螂」和「蟬」，而且還對自己來了個「自我閹割」——「獵戶旋臂文明」不僅用「二維箔」摧毀太陽系，還讓自己倒退入「低維世界」，進而導致宇宙的大坍縮。這裡既體現著「黃雀」對地球文明這只「蟬」的「看重」，又暴露出「社會達爾文主義」式的殘忍和冷酷。

這個故事，其實是對地球人所建立的「宇宙社會學」的「驗證」。我在前面的信件裏介紹過，該「宇宙社會學」的理論基礎是兩條公理和兩個重要概念——公理 1、生存是文明的第一需要；公理 2、文明不斷增長和擴張，但宇宙中的物質總量保持不變。／／概念 1、猜疑鏈；概念 2、技術爆炸。《三體》中的一個重要人物名叫「羅輯」，他又根據上述公理、概念，推導出一個「黑暗森林原則」——宇宙是座黑暗森林，每個文明都是身處其中的帶槍獵人。如果發現別的生命，他唯有立即開槍，才能保證自己的生存。該原則又被表述爲「**他人就是地獄**」。

考察《三體》整個故事，直接導致宇宙毀滅的不是「生存需要」與「物質有限」矛盾之總爆發（故事裏這一矛盾遠未發展到不可調和的程度），而是那條「猜疑鏈」！

「羅輯」者「邏輯」也，上述因果鏈是殘酷的，也是嚴密的、得到了「驗證」的。正如王德威所說：劉慈欣創造這樣一部驚天動地的大悲劇，是對「『人之所以爲人』的一種二律背反的深刻的沉思」。

但是，我們在承認《三體》故事內在因果關係「可信」的同時，又會發現作者「此一想像」內部，還存在著「彼一想像」的種子或可能性。他的想像可以引發「反想像」。

羅輯的老師（準確地說是他同學的母親），就是王德威在講話裏提到的那個葉文潔，「宇宙社會學」的兩大公理、兩大概念都是她在 201X〔註 15〕年傳授給羅輯的。此時的葉文潔已是反人類的地球秘密三體組織「統帥」，她在會見羅輯之後就被捕了。

葉文潔與三體世界建立聯繫始於文革時期，她與羅輯談話時，已與三體

〔註 15〕最近看到攝制《三體》電影的宣傳片，在電影劇本裏，這一年代被確認爲 2020 年。

世界交流、溝通了數十年。但是，當羅輯向她提出建立宇宙社會學缺乏實際資料，也難以進行調查和實驗時，她卻隱瞞了已經掌握有關三體世界豐富資料並已與之建立聯繫的事實，而讓羅輯去做「純理論」的推導和純數學的建模。讀者會問：葉文潔爲什麼選中羅輯？爲什麼對他隱瞞重要信息（也是重要事實）？她的啓發、誘導是不是包含著「三體人」的觀念或意圖？……這裡蘊藏很大的想像餘地，好像既有大劉刻意所爲的「蜷縮敘事」，也有他的無意疏漏，總之，都是挺有意思的。

在這部作品裏，「宇宙社會」的結構、形態幾乎尚未展現，宇宙就因「猜忌」而崩潰了。就故事本身而言，大悲劇的結局固然不可避免，然而讀者還是會問：「偶然性」與「必然性」究竟是種什麼關係呢？「必然性」又等於「唯一性」嗎？宇宙裏的高級文明難道都僅僅屬於物質文明嗎？難道只有處於低級階段的地球文明才有精神文明，才懂得尊重生命嗎？作者在書裏不是說過：三體人並非沒有「愛」，只不過長期遭受壓抑、近乎枯萎而已，既然如此，積極溝通的可能性不是依然存在嗎？「猜忌」轉化爲「交流」的可能性不是依然存在嗎？……

最後還有一個非常重大的問題：宇宙究竟是有限的還是無限的？《三體》顯然立足於「有限論」，但用「科學性」來衡量，這和「無限論」一樣，均屬尚難證實或證僞的假設。既然如此，若以「無限論」去觀照，「葉－羅宇宙社會學」的基礎豈不就會發生崩塌嗎？……正如耀文在 3 月 25 日函裏指出的：這是一個哲學問題而非物理學問題。我看重這個問題，其「立意」不在指謫《三體》作者，反倒是著眼於某位詩人講過的一句話：詩歌只有與哲學相遇，才會崇高（大意）。《三體》的崇高性恰恰也在於此罷？！

需要指出的是，劉慈欣並不是一個社會達爾文主義者。正如我在前面的信中介紹的：《三體》第三部的結尾，通過「智子」（這是一個三體文明創造出來的機器人，可以視爲三體文明所蘊涵之「善」的代表）和兩位地球科學家之口告訴人們：「宇宙在品質上的設計是極其精巧的」，這充分體現著「宇宙數學之美」。宇宙坍縮爲奇點，既意味著它的死亡，又意味著新的創世大爆炸的開始，意味著新宇宙及其「田園時代」的即將到來。這個新宇宙「一定體現著最高的和諧與美。」同時，在面臨舊宇宙的末日時，「智子」被地球人倫理中的「愛」和「爲責任活著」的意志深深感動，義無反顧地和他們一起踏上了拯救宇宙的征途。這正體現出作者對「地球倫理」中的「善」之充分肯定和對社會達爾文主義的否定。

所以，整部《三體》，寫的倒是「宇宙惡托邦」向「宇宙烏托邦」的轉化。這裡也應包含著對於「文明之所以爲文明」，「宇宙之所以爲宇宙」的一種二律背反的深刻的沉思吧！

王德威在述介葉文潔和三體人時用了「犬儒」、「陰險」這樣的辭彙（那個「獵戶旋臂文明」何嘗不是「犬儒」），我在分析「葉－羅宇宙法則」時也用了「殘忍」、「冷酷」這樣的辭彙，我們說的都是「地球人的話」。倘若宇宙社會眞是一個「零道德」的社會，那麼那些外星高級文明，是聽不懂這些「蟲子辭彙」的。這裡也有值得「深刻沉思」的「『人之所以爲人』的一種二律背反」罷！

斯年 3.26

（一〇二）

謝謝轉來王的大文及兄之讀後感。我對理想與烏托邦之別的理解是：前者有可能在現實世界中實踐，後者則無可能。我讀過《1984》和《我們》，與其說是反烏托邦，還不如說是反理想造成的惡果，因爲該理想後來大部分是實現了的。《鏡花緣》裏的君子國才是烏托邦呢。

肇明 3.26

（一〇三）

粗讀一下王文，很有意思。兩篇文章都好，都有新意，一下子覺得世界好像大了許多。

「科幻」是屬於哪一類思維？想像。科幻想像的事情是純屬子虛烏有，還是總會有一點啓示、有一個影子的模式？

劉慈欣也算是科幻巨匠了，有著出色的想像力。王德威好像在哪裡看見過，他之所言已經將《三體》上升到國寶級的程度了。

我倆的工作只是在自己的層次上做一點力所能及的事情，與科幻相比最大的不同是在做「過去完成時的文章」，今天就完成了這樣的一幅圖，而已而已，請見附件（按從略）。

一半 3.26

都市與摩登
——致季進

季進〔註1〕：

《李歐梵季進對話錄》讀完了，現在來談感想。首先要聲明：我沒有理論準備，也不可能進入比較文學或比較文化學的語境。例如，你們的對話中引述了不少「西馬」的理論，而我連譯著也沒看過幾本，遑論原文原著？所以沒有資格談。當年你們那本中國比較現代文學史叫我寫魯迅專章，我沒答應，原因與之近似：看不懂外文原著，怎敢做正兒八經的「比較研究」（現在這章不知是誰寫的，好像什麼也沒說到）！下面談的只能是一些「本土性」的、個人化的想法，有的僅僅是個人體驗（你們的「上海懷舊」話題引起我不少回憶）。這些純屬「微觀」，因爲不想發表，故可無所顧忌，不避嫌疑；又因爲現處「閒散階段」，而每天又只能讀寫兩三小時，所以索性分出小標題，慢慢地作爲「消遣」來寫。你感興趣，不妨一讀，否則棄置可也。

上海接受外來文化何以「順理成章」？

《上海摩登》尚未拜讀，但李先生從日常生活文化入手來研究上海都市文化，這一視角和方法肯定是非常誘人的。魯迅論魏晉風度而從「藥」和「酒」入手，走的也是這條路，但他只能根據文獻，沒法做實地考察。

你在書裏兩次問到：晚清以後，上海人爲什麼對外來的東西接受得那麼「自然」、那麼「順理成章」？我想，從接受者的角度分析，那些外來的東西順應了佛洛伊德所說的「快樂原則」，恐怕是主要的原因。當然還有一條「商

〔註1〕季進，蘇州大學文學院教授。

業原則」：有「需」就有「供」，當年堂子裏的姑娘所以一直領導服裝新潮流，原因也在這裡，而這歸根到底還是與「快樂原則」有關。這一規律不僅適用於十里洋場的上海，而且適用於最保守的清宮。參觀故宮博物院，我總對鐘錶館很感興趣：滿清貴族接受「時計」這種外國機巧，比民間要早得多，而且「學」得也快，不久就在廣州等地建立了仿製的工廠。聲光化電如被證明確實具有成十倍、百倍地提高他的「快樂度」的功能，而又不對他的其他需求構成威脅，再保守的人也會變得「開放」的。慈禧太后一旦知道照相機並無攝人魂靈的魔力，不是也就立即愛上攝影了嗎！

「順理成章」還包含「消化」的意思吧。上海是個「洋化」的地方，而不是一個「全盤西化」的地方，這從服飾就看得出來。「開埠」之後，上海女性的服飾恐怕經過幾個「發展階段」，到了二三十年代，現代的那種旗袍方才基本定型，張愛玲從小到大的一系列照片就是它的後一發展階段的見證。它是摩登的，卻絕不是西方服飾的照搬。民國初年，李定夷在《美人福》裏還寫過這樣的女裝和女性：「上服青種羊之皮襖，下繫外國緞之套裙。胸懸金鏈，手戴表鐲。鑽石約指，彩色鮮明；珍珠花球，寶光燦爛。」「花樣翻新，頭挽墮馬之髻；時裝爭炫，鏡嵌金絲之邊。膚圓六寸，革鞜丁丁；齒甫兩旬，豐神楚楚。」這是上衫下裙的裝束，其時旗袍還很臃腫，未達「摩登」境界。當年的這些女性時裝，都是透著洋氣而又相當「本土化」的，在外國是找不到的。凡此種種，都證明在接受外來文化時，咱們的傳統文化確實表現出一種很強的「同化力」，我們不能不感激老祖宗留下了如此精緻、頑強的「東方審美特性」。

上海所以「西化」得那麼快，還應從推動者的一方考察：這個城市是洋鬼子和假洋鬼子們最能「說了算」的地方。政治老師都說外因通過內因起作用，但在當時的情況下，上面這條「外因」對於上海的迅速洋化，恐怕是起著「矛盾的主要方面」之作用的。

有趣的是：凡屬洋鬼子或洋化的中國人（假洋鬼子）說了算的地方，西式文化必定容易生根，這條規律竟也適用於最落後的農村；而農村的情況，又能爲「上海現象」提供極好的反證。抗戰時期，我父母工作的省立師範學校疏散到了浙江省仙居縣一個名叫「下張」的偏僻山村，我就在那裏讀了五年小學（其中一門功課便是李先生說到的「公民」）。其地處於括蒼山區，人們連什麼是「車」都不曉得。民風極爲剽悍，許傑先生寫的《械鬥》就發生在這種地方。許先生籍貫天台，與仙居同屬台州府，而「台州綠殼」則是該地近百年來屢剿不滅的一項「特產」——「綠殼」即土匪（這個稱呼可能與清朝的綠營有關），仙居最多。當地再窮的人家都有槍，不是爲了防匪，而是爲了「從業」（剪拂至少成了他們的副業，幸虧盜亦有道：「不吃窩邊食」）。然而，即使這樣的窮鄉僻壤，也有「洋化」處所：第一便是教堂及其附屬建築區內，因爲那是洋神父、洋牧師能夠說了算的地方；第二、第三便是學校和醫院，因爲那是當校長和院長的「假洋鬼子」們能夠說了算的地方。這些機構在自己所屬的範圍內形成了固定的行爲規範和生活風習，在某種意義上也可以說是「鄉村裏的都市」。周圍的農民儘管已經不再像阿 Q 那樣仇視「假洋鬼子」，而且還要與之有所往來，但是仍然視之爲異類，在日常生活方面，他們是決不會認同、接受「洋化」的。例如，他們固然十分尊敬教師，連帶我們這些教師子女也被尊稱爲「先生兒」、「學堂囡」，但是我們又絕對屬於孤立的社群，「本土文化」與「外來文化」很難交融。個中原由並不複雜，因爲那些「鄉村裏的都市」只是文化意義上的，沒有也不可能帶去商品經濟；農民窮到了「拔劍東門去」的地步，「農業社會」卻還是那麼根深蒂固！有趣的是，那裏的農民又並非沒有自己的「都市想像」或「世界憧憬」——當地有個很可愛的風俗：生了兒子常用洋鬼子的國家來命名，我有一個同學就叫「張法國」。這樣看來，蠻荒之地還是括到了「西風」的，然而「張法國」們如果不進城市，他們的生活方式決不可能發生根本變化。

反觀上海，洋人所以能夠對整個城市「說了算」，就是因爲有「五口通商」；就是因爲他們的文化是隨著滾滾的商品大潮湧進來的。農業經濟的壁壘既被徹底摧毀，巨變也就不可遏制了。這樣分析，當然流於「政治經濟學」，但比較能夠不把問題玄虛化。

上海文化是一種多元、多層的統一體

你說「在很短的時間內，不管是士大夫還是普通老百姓，都順理成章地很自然地接受了」西式文化，那是把上百年的歷史「共時化」了，也是把上海人「符號化」了。如果考慮到「共時」中的「歷時」，「符號」裏的「所指」，內涵將會豐富得多。事實上，「接受」是有過程的，正像前面所說的「旗袍發展史」；至於男子，晚清時期對洋裝的拒斥還要強烈，看看吳友如的《點石齋畫報》，即可知道當年情狀，後來西裝革履固然流行起來，但也沒有達到現在這樣連打工仔也套件西服的普及程度。「上海人」是分爲許多群體的，他們對外來事物的接受程度不盡相同，這裡既有地域的差別（租界與華界之別以及原有籍貫之別），也有階級階層的差別。例如，同爲作家，「小開」出身的魏紹昌與工人出身的胡萬春，他們的「文化記憶」肯定不會一樣。試到老上海的「白領家庭」和「貧民家庭」分別走走，它們的生活文化也顯然有別；對此，我頗有些親身體驗。

我與「上海生活文化」的第一次「零距離接觸」，是在舅父家中。舅父是生物學家（算起來與童第周同輩），虔誠的基督徒，大約 30 年代初就在滬江大學任教，同時與美國學者合作研究薑片蟲的生活史（當時屬於填補世界空白的課題）。課題完成，他患了肺結核（當時屬於不治之症），失去了赴美進一步鑽研的機會。張愛玲不是曾經到「諸暨斯家」去追胡蘭成嗎？我的外祖父就屬於這個「斯家」。那個山村名叫「斯宅」，中國姓斯的幾乎皆出於茲；幾百戶人家聚族而居於幾幢極其偉大的巨型宅第裏，這些宅第最近已被作爲民俗文化挖掘出來宣傳了。斯姓不見於《百家姓》，人口稀少，卻頗出過一些人才，如古生物學家斯行健等；與胡蘭成有關係的不知屬於哪一支。說來也巧，我舅母是嵊縣人，與胡蘭成同鄉，出身於中國公學商科，沈從文是她的國文老師，張兆和是她的密友。畢業後，舅母一直供職於上海郵政總局，有一次講起唐弢，她說：「哦！伊末原來叫唐瑞毅呀，格個辰光是阿拉郵局裏向掮郵包格（按唐弢先生的履歷裏填的是『揀信生』；舅母的說法可能泛指郵局裏的『藍領階層』）。」我首次作爲「外甥皇帝」到他們家時，由於替舅父治病，家裏能賣的家當都已賣光，藏書也只剩下一二十冊，其中有幾本良友版的《金銀島》之類，還有幾本英文小說，加上一架風琴，都是爲表姐、表妹留下的；住房面積也已大爲縮小，卻仍用著一位傭人，原是表妹的奶媽，故稱「奶嬸嬸」，當著她們半個家。儘管經濟情況已很拮据，室內還是井井有條，一塵不染。令我一直不習慣的是他們家裏保留了許多西式規矩（例如雖然「大菜桌」早已賣掉，卻仍實行分食制、公筷制之類），所以儘管舅母十分親切、體貼，我仍不免常常手足失措。後來見到表妹夫，一位空軍軍官，他說也有同感；因此，當我們一起溜到弄堂口去抽根香煙的時候，那種「自由感」，簡直像小學生蹺課成功一樣！我也住過老上海的工人家庭，在那裏是絕不會產生手足無措的拘束感的，原因就在生活方式並不那麼西化，規矩也沒那麼多。上述體驗使我更加理解沈從文爲什麼一直自稱「鄉下人」，也更懂得了鄉土文學產生的背景——魯迅不是又把它叫做「僑寓文學」嗎！

上海便是一個「僑寓城市」。巴爾扎克寫過《外省人在巴黎》，而上海則應稱爲「外省人的都市」——如果沒有「外省人」，決不會有今天的十里洋場。從這個角度考察，「上海文化」似宜視爲「舶來文化」與各省籍本土文化融合的產物。上海的外省人主要分爲廣東幫、寧波幫、紹興幫和蘇北幫（蘇州也算一小幫，但特色不是很大，比較接近「原住民」）。在「上海化」（亦即洋化）的程度和速度方面，各幫是有區別的，大概蘇北幫最遲鈍；例如口音的改變，與其他幫比較，他們的第一代移民惰性就最大。但是，蘇北幫的後代卻不僅「改口」迅速（儘管在家裏仍講方言），而且還最忌諱「暴露」自己的原籍——這反映著他們對祖輩、父輩所從事職業的自卑感，又表現著一種以躋身於「地道上海人」行列爲榮的心態，這種心態與其先人恰恰形成截然的反差！

所以，上海文化是一個多元、多層的統一體。由於缺乏親身體驗和充分資料，還有一些層次我未涉及：例如哈同那樣的「上海洋人」階層，盛宣懷那樣的「上海貴人」階層，以及黃金榮那樣的「上海浪人」階層。借用祥安〔註 2〕一個比喻，作爲統一體，上海文化像洋蔥，而不像馬鈴薯；我們不僅要考察它的「外貌」，更要考察它的剖面和內部結構。大陸的學術界似乎至今未能擺脫「一分爲二」思維的「流毒」（袁良駿對范伯群老師的攻擊就是典型的例子），其實毛澤東寫《矛盾論》的時候，倒是十分強調研究對立面之間的連結點和聯繫方式的，這也就是「合二爲一」。「一分爲二」強調「你」與「我」的截然對立，「合二爲一」則認爲「你」「我」雖然對立，卻又互相依存，「你」中有「我」，「我」中有「你」。李先生在研究上海的日常生活文化時十分關注「公共空間」，我認爲就是抓住了各個文化層的連接點和聯繫方式，從而去把握「上海文化」的整體性。這種「公共空間」首先是物質的，其「公共程度」又有所不同。例如建築，國際飯店、沙遜大廈固然也是全體上海人都可「享用」的「視覺空間」，但是普通百姓畢竟不可能享受到它們的實用功能，其「公共程度」遠不如大世界和四大公司；又如街區，現今的上海人固然不免也要行經康平路那一帶（王安憶的童年似乎就在這裡度過，可能還有曾慶紅），但是這個街區的「公共性」也肯定不如南京路和淮海路。作爲印刷媒體，你提到李先生注意研究商務印書館、《東方雜誌》和《良友畫報》，這是很有見地的。我可以再講一點親身體驗：在我的童年，《申報》

〔註 2〕劉祥安，蘇州大學文學院教授。

的影響似乎要比上面那兩本刊物更大、更廣——廣到了江浙一帶竟用「申報紙」這個詞來泛指一切舊報紙的地步。我在仙居那個窮鄉僻壤讀小學時，因爲時值抗戰和內戰，收音機是被管制，不許使用的，對於上海的「都市想像」（或曰「精神會餐」）主要就來自《申報》，特別是它的廣告——咖啡、巧克力、白雪公主（一種軟糖）、捲煙、蚊香、蚊帳、三友實業社的日用品、春明書店的通俗小說（我還根據廣告郵購過）、各大影劇院的影劇預告，等等；還有廣告上那些摩登男女的畫像，廣告中那些有獎銷售的獎品，都頗引人遐想。畫報也訂了一些，但給我留下的印象遠遠不如《申報》之深。至於給我帶去「新知」的讀物，則主要是《小朋友》、《中學生》這兩本刊物（父親訂有《新中華》、《世界知識》和《觀察》，我稍長後也要翻翻）；還有兩套很好的叢書，更是「新知」淵藪，那就是《小學生文庫》和《中學生文庫》（記得謝晉曾說，祖父就送過他一套《小學生文庫》）。這兩套書當時是作爲中小學圖書館建設的基礎「裝備」而設計出版的，雖然與國外的萊克朗氏文庫之類比起來也許還太簡陋，但可悲的是：今天中國雖稱出版大國，卻似乎還沒有一套可以與之相比的同類讀物——上面這些例子都反映著上海的「公共空間」對於「外省」的影響。由於年齡的關係，我當時的「上海想像」以及吸收到的「新知」必然幼稚而膚淺，但也足以說明這種都市文化「公共空間」在當年的地位以及它的輻射力了。

方言也是一種「公共空間」，而且在相應的區域之內它是最具共通性的。上海話裏的「外來詞」之多，恐怕沒有一種方言能夠比得上，例如「樸落」（讀若 po lo，電燈線上一種用於調整長度的類似瓷瓶的部件），「沙蟹」（讀若 so ha，一種牌戲），「拿摩溫」，「水門汀」（讀若 si men ting）等。這些辭彙，現在反倒漸從上海話裏消退了，取而代之的是一批「全國公用」的外來詞（例如「酷」、「伊妹兒」、「媽咪」、「袋底」等，「方言色彩」並不鮮明），而且不少是由港臺轉販過來的。這也是很可研究的現象：是不是一方面表現著上海文化的更趨「獨立」（至少當地方言詞匯不大「照搬」洋話了），另一方面又反映著整個國家的「開放」（或「崇洋」）趨向？

關於三十年代上海人的生活節奏，你在第 21 頁中說《上海狐步舞》的節奏不反映「主流」，「主流」還是「鴛鴦蝴蝶派」式的，這恐怕並不符合實際狀況。據我所知，到了二三十年代，上海人的生活節奏已經大爲加快，「鴛蝴派式」的生活節奏已越來越不占「主流」了。包天笑在《釧影樓回憶錄續編》

中講到《立報》的「立」字是什麼意思時，引述過一個笑話：一位「白領階級」的先生說：「立報是為我輩而設。」——「我們一清早搭電車上寫字間，電車站已擠滿了賣報童，把《立報》塞在你的手裏，上了電車，沒有坐地，一手攀著藤圈，一手握著《立報》，一直要立到目的地……《立報》是立著看的，故有此名。」這種生活節奏，倒是「上海狐步舞」式的。在我看來，對於這種現代都市的生活節奏，《子夜》第一章的開頭是寫得相當具象、生動、眞實的。這在張愛玲式「小敘事」裏不大「看」得見、「觸」得到，因為那是蘊蓄在情緒和情調裏的。穆時英的「狐步舞」是印象的碎片，淩亂的鏡頭，而茅盾筆下的則是交響樂，是立體的全景圖，其中的上海更加看得見、摸得到、聽得清。所以，「大敘事」也有「大敘事」的好處。對於上海生活之所以不太含有西方式的現代「焦慮」，李先生從弄堂來解釋其原因，是很有見地的——比你的「鴛蝴說」高明。

「暴發戶文化」及其他

9月30日的《聯合早報》登過一篇文章，題為《上海：失落的文化高地》。作者從《蛋白質女孩》在上海的熱銷說起，接著寫道：

> 首先讓我們回過頭來認認眞眞地掂量上海，除了張愛玲、阮玲玉、胡蝶與周璇，你還記得起什麼嗎？一個城市如果不能有創造性有突破地建設自己的文化，那麼它就只有永遠地沉浸在自己的美好回憶之中了。就好比王安憶的作品，根本就是陷在回憶裏寫書，這種對上海舊日美好時光的深刻悼念，不應該荒謬地成為上海城市文化的主流，就像客廳不應該總是靈堂一樣。
>
> 這也從側面揭示了上海的文化建構能力在三四十年代之後就已經逐漸減退，越來越弱了。經濟現在沸騰起來，但文化的塑造能力還是沒有回來，整個城市就像是個暴發户，有錢有勢，卻沒學問，沒氣質。

「暴發戶」，也是李先生批評今日上海時用過的詞兒（當然，他對上海的歷史和現狀的認識，比上文作者要全面、辯證得多）。在我看來，「暴發戶文化」出現的一個重要原因，蓋在於文化傳承方面所發生的大「斷截」。文化是需要傳承、需要積累的，傳承和積累則需要穩定的載體和環境，家庭和家族在這方面起著十分重要的作用。但是，由於我們這個民族太喜歡「徹底打爛壇壇罐罐」（據說也由於嫡長繼承制），所以家族和家庭的穩定性本來就差，「君子之澤，五世而斬」，家族傳統能延續到第六代就是奇跡。到了上世紀的四十年代至七十年代，這種情況愈演愈烈，從「土改」到「文革」，總共不過三十年，其間還有鎮反、肅反、反右、大躍進……，多少富有文化傳統的家庭和家族，都在這三十年間徹底顛覆了，豈止「五世」，簡直是「一世而斬」、「同世而斬」！「無產階級文化大革命」這個名詞是對上述「斷截」現象最準確的概括，那些運動，有的雖有其「不得不為」之理，但在某種意義上都是「文革」的準備，而「文革」的要害在於「大革」「文化」之「命」，為此，就必須把有文化的人打下去，顛覆承載文化的載體（這是毛澤東不及斯大林的地方——斯大林不消滅傳統文化；波爾布特則比毛澤東還要「徹底」）。「撥亂反正」中止了上述「斷截」，這是可喜的，幸而「文革」也只鬧了十年（對於我們這些親歷者來說，這十年又是無比漫長的），否則「王安憶們」就只好老死山野了。然而，由於文化傳統的多次斷截，也就決定了現在許多掌權的和「先富起來」的，不能不是一些瘦骨伶仃（文化意義上的）的「阿Q」，他們的文化建設眼光和審美標準，怎麼能跳得出「趙太爺」式的框框呢？！——蘇州東山的「雕花大樓」（還有周莊的沈廳），原本屬於典型的「暴發戶文化」，現在不是卻被劃進了「雅文化」的範疇而大吹特吹了嗎？這便是「發」起來、「胖」起來的阿Q們的文化眼光和文化心態。這是一個「時代精神」問題，短時間內糾正不過來；糾正過來時，歷史就又一次發生飛躍了。

回到上海來。日常生活文化的集中反映就是人們的「風度」，舊時（上限或許可以劃到民國初年，下限大概可以劃到文革之前）的「上海風度」（這裡指的是「市民風度」而不是張愛玲以上階層的「貴族風度」），我看主要是由那些「老白領」體現的。他們的特點是：受過良好的教育，很有教養，具備一種深入骨髓的「泛貴族氣質」（也可以叫做「準紳士氣質」）；對西方文化消化得相當好，以致形成了一套他們這個圈子獨有的生活方式、審美標準和行為規範；對於別的群體的人和外省人，他們會表現得非常客氣、非常有禮貌、行為也非常得體，但在內心深處卻蘊藏著一種矜持和拒斥（對此你可能「看」不出來，卻絕對「體味」得到），別的群體也很難真正進入他們的圈子——誰說上海人不保守？正如有個久住上海的外國佬說的：「和上海人交朋友很容易，但要交上知心朋友卻很難。」但是，這種蘊含矜持、極有教養的「老白領」式上海人，現在已經越來越少了。今天的上海人，有教養的精英當然不能說沒有，但更多的是「摩登」的外衣裏包著粗俗，「自信」的言詞中透著無知——連一些受過高等教育者也不例外。他們把前輩的矜持發展為自大，卻丟掉了前人所具有的教養，所以雖然自我感覺極好，跑到外地卻難免處處挨噓。這正是前面所說的「同世而斬」、「一世而斬」的文化斷截造成的惡果。如果把「張愛玲」、「茹志鵑」、「王安憶」這三個名字作為象徵符號，我們可以這樣概括它們的關係：無產者的「茹志鵑」剝奪了布爾喬亞的「張愛玲」，不料接著自己也遭到（「陳阿大們」的）剝奪，而被剝奪的「王安憶」卻又「復辟」成為「布爾喬亞」了（當然，她是幸運的，她的不少同輩則成了地地道道的農婦）——這也就是「革命、革革命、革革革命」的折騰。如此折騰之下，連「不絕如縷」、「存亡繼絕」都幾成奢談，「家庭、家族文化」怎麼可能產生良性的積累和傳承呢？！試去比較一下海外歸來的「遊子」和前往「歡聚」的大陸同輩，他們之間的區別難道僅僅在於經濟狀況和衣著外表？！既然如此，今天的上海也確實只能成為「暴發戶」，而且這種「暴發戶心態」還普遍地存在於當今中國的黨、政、學、商各界，這種「暴發戶文化」還廣泛地表現於當今中國的各種媒體、影視作品、城市佈局和旅遊景觀。對於這樣的「今天」，我們還不得不予以「肯定」，因為全是「昨天」造的孽；不「肯定」它，「明天」從何而來？！然而這種「肯定」必須意味著「批判」，否則，那個「明天」也就太可怕了！

前面引述的那篇文章的作者是位馬來西亞中學的高三學生，從名字看，可能是個女孩。對於三四十年代的上海，王安憶已經不可能親身體驗了，何況這位馬來西亞年輕人！所以，文中認為「除了張愛玲、阮玲玉、胡蝶與周璇」上海就沒有什麼了，那是幼稚、膚淺的看法。三四十年代的上海當然並非只有「張愛玲、阮玲玉、胡蝶與周璇」，今天的上海也並非只有那些令人興懷舊之思的餐館和咖啡座。

李先生注意上海的「文化地圖」，這又是很有見地的。老上海文化雖已「不絕如縷」，但是這個城市所遺留下來的街巷和建築，確實蘊含著大量極其可貴的文化信息。他說到法國公園（今復興公園），那個地區我是最熟悉的，因為我舅父的寓所就在距公園後門一百多米處。公寓房子位於三條弄堂的交點，底層是房東開的一家「環龍彈子房」，三條岔弄分別通向雁蕩路、南昌路和重慶南路。重慶南路（原名呂班路）50 號，即法國公園正門東角，原是一家荷蘭餐室，就是當年由史沫特萊訂下，為魯迅舉辦五十壽辰餐會的地方；斜對面則有鄒韜奮的故居。沿南昌路（原名環龍路）西行，與雁蕩路交叉處有陳獨秀故居；再西行，與之交叉的是思南路，這條路上接連排列著「周公館」（四十年代周恩來、董必武駐驛處）、孫中山故居和張學良故居；再西行，至陝西南路（原名亞爾培路），有「中央研究院」舊址，楊杏佛就是在這附近被暗殺的。陝西南路上還有「淮海坊」的邊門，裏面矗立著若干排公寓房子，其中包括茅盾、葉聖陶、許廣平（孤島時期）、戈寶權住過的寓所，直到八十年代，趙景深還住在這裡。這些故宅，由於淮海路拓寬，現在幾乎全被拆掉了。當然，舊時這個地區也有許多聲色犬馬之處，如回力球場、跑狗場、藍心戲院、卡爾登影院等。總之，這是一塊蘊含著十分厚重的歷史文化內涵的地方，又是一個繁華而不喧囂、熱鬧中有著幽靜的「大區」（有別於今天所說的住宅「社區」）。然而，今天改造之後的淮海路，把上述特色幾乎全破壞掉了。魯迅曾說：暴富的窮錯大寫富貴，只會堆砌「金」、「玉」、「錦」、「綺」等字，而眞會寫富貴的卻道是：「笙歌歸院落，燈火下樓臺。」在我看來，就文化品位和情趣而言，改造後的淮海路有如前者，改造前的淮海路則如後者。所以，我也不喜歡「新天地」，因爲里弄原有的生活功能在這裡已經不復存在，譬如在靈隱寺裏辦婦產科醫院，外觀再像寺廟，又有什麼價值呢？上海人和香港人一樣，是很會把「懷舊」當作商業來做的，這樣的商業在上海亦已相當風行。但是，這個「國際大都市」若要進步，一定要有眞正的、形得成系統的、「純文化」的「懷舊」，否則老上海那些具有正面價值的文化傳統必將進一步遺失，而那些正面價值正是醫治「暴發戶」惡疾的一貼良方。另一方面，談論、描繪三四十年代的上海文化，絕不可以讓張愛玲、阮玲玉們淹沒掉魯迅、茅盾們，否則「上海文化」就會變得片面乃至虛假。「懷舊」決不是白頭宮女的慨歎，它應該是積極的。

上述現象裏還包含著一個問題：「文化」既是客觀的，又是主觀的，哪怕所見、所知完全一樣，不同的人也會有不同的文化體驗或文化回憶。我們不是都說王安憶的《長恨歌》乃「懷舊」之作嗎？然而作者自己卻說這部作品不是懷舊的；二者都對，都是「解讀」，都是「文化」。前面談到有些屬於「上海文化」的本質性的東西（例如當代上海人的招搖、自大和淺薄），上海人自己是看不到的，必須「外省人」加以「觀照」——也許這就是「比較文化學」、「接受文化學」的價值所在吧！因而，各種各樣的「指意過程」，本身也就構成爲「文化」的一個重要部分了。

以上諸端，《上海摩登》可能均已慮及，我不過做點印證，或者有所引申而已。下面再圍繞「現代性」等問題，來談一些個人見解。

上海復興公園

「現代性」與「人文精神」

你在〈從晚清到當代〉一章中引述了很多西方理論，涉及許多與「現代」相關的語源、語義的考察以及文化學的理論和概念，內容十分豐富，但是有點兒令人眼花繚亂。這可能是由下面三個原因造成的：第一，作爲歷史時期的概念，如果西方的「現代」（又稱「近代」）主要指 19 世紀，而中國的「現代」（臺灣稱「近代」）卻主要指 20 世紀，二者相差百餘年；作爲文化思潮概念，西方的現代主義出現於 19 世紀末 20 世紀初，而在中國，正如李先生所說，第一個眞正的現代派作家應是 20 世紀末的高行健，二者相差亦幾近百年。上述關於「現代」的歷史概念與文化思潮概念，在東西方的時空裏各自又是並不對應的。我們討論 20 世紀中國的「現代性」時，作爲歷史、文化和理論參照系的西方，卻已處於「後現代」了，「共時」而不「同質」，比較起來必須大費口舌，而且常會產生「尺碼問題」。第二，與前者相應的是，對於歷史時期概念上的 20 世紀中國「現代」與 19 世紀的西方「現代」之異同，《對話》裏似乎未作重點考察，談得不夠深入，往往一下就跳到西方的「後現代尺碼」上去了。第三，《對話》的這一章和前一章，有時把「現代性」與「現代主義」的文化特徵混起來談，碰到這種情況時，難免在客觀上給人以概念混淆之感。我覺得這一章倒是應該和〈知識分子與人文精神〉一章聯繫起來讀，這樣才能對「現代性」理解得更清楚——也許這是一種「誤讀」？

在我看來，「現代性」的外延比作爲文化思潮的「現代主義」要廣得多，內涵也複雜得多。「現代性」可以包含「現代主義」的文化特徵，可以包含「都市性」，但是作爲學術概念，後二者又並不等於「現代性」；「現代主義」是有明確歷史範疇（只存在於特定歷史時段）的，「現代性」則不然。關於「現代性」，我個人比較欣賞李先生引述的 Taylor 的第二種說法（見頁 61 倒 6—倒 2 行）；從自我感受出發，我又更願意把「現代性」視爲「物質文明」和「人文精神」的對立統一，而「人文精神」應當是「靈魂」（例如，希特勒的德國雖體現著「科技的傳統」，卻是反「人文精神」的，所以納粹主義決無「現代性」）。郭沫若這個人我不太喜歡，但他對「人道主義」有一句通俗的解釋，我覺得非常簡單而又精闢，這就是「要把人當作人！」（好像是談及《屈原》時說的。）作爲時間概念，「現代」之前是「古代」——西方稱「中世紀」——「古代」和「中世紀」都是「不把人當作人」的時代。中國的文字學家和訓詁學家說，在先秦語文裏，「民」、「人」是兩個範疇，儒家那個樸素的「人道主義」或「人本主義」，是不適用於「民」的。這一說法或許帶有「崇法批儒」的痕跡，但我是相信的。即使對於古代辭彙中的「人」，封建制度也不是一種「把人當作人」的制度。在中國思想史上，「人的覺醒」不比西方遲多少；我很同意李先生的觀點：中國的人文精神有自己的源頭，從這個角度考察中國的「現代性」，可以上溯至明末。但是，我們確實又不可否認，近代中國的「現代」觀念，主要來自西方。

在我小的時候，講到「現代精神」，總是馬上想到「自由、民主、平等、博愛」等等從西方輸入的美麗的理想。回想起來，從理性上給我以啓蒙的，倒是那門令人討厭的「公民」課，它告訴我：作爲一個現代國家，中華民國和一切封建王朝的主要不同之處就在於以實現「自由、民主、平等、博愛」爲己任——順便介紹一下那位教「公民」課的小學老師：他是一個地主，名叫「林山西」（這又一次證實了前面所說當地農民的「世界憧憬」，儘管山西不是外國），大概因爲競選議員，怕對方暗殺罷，上課時腰裏總是別著一支駁殼槍。解放後他當然被「鎮壓」掉了。而在感性方面，最令我深感「博愛」

精神之偉大的，則是李先生提到的夏丏尊翻譯的那本《愛的教育》，讀到其中「小石匠」之死時，我曾十分動情地痛哭流涕。回憶起來，我對「現代性」的物質一面的認識還要早：大概三四歲時罷，日本飛機還沒有炸到我的家鄉，大人帶我去看一個工業展覽，那些油漆一新的綠色機器（現在分析，大概是十幾部紡織機、印刷機和車床），至今還在記憶裏留著磨滅不掉的印象——最早的關於「現代化」的印象。抗戰勝利之後，寒假裏從仙居回到家鄉，第一次見到日光燈，第一次用到不必灌墨水的「原子筆」（當時不叫「圓珠筆」），還有那種用個小鐵箍蘸一點液體，就可吹出無數泡泡漫天飛舞的「原子泡」，以及什麼「玻璃雨衣」、「玻璃絲襪」，這些花裡胡哨的勞什子全都告訴我：世界已進入核子時代、高分子時代，兒時所感知的機械時代又落伍了。抗戰勝利後聽到的「流行歌曲」，記憶猶新的一首是〈夜上海〉，唱的是：「夜上海，夜上海，你是一個不夜城。華燈起，車聲響，歌舞昇平。」接著兩句是「酒不醉人人自醉，胡天胡地消磨了青春」之類（後一句記不清了），除了「市民氣息」之外，從中彷彿還可窺見「接收大員」們的意滿腸肥之態。但是，我的上述對於「現代性」的驚喜，很快就像「原子泡」一樣破滅了——就在林山西先生別著駁殼槍給我們講「公民」那年，國統區已經「國將不國」，包括林先生和我父母在內，師範部和小學部的老師接連半年多領不到工資，待領到「金圓券」時，又是一堆廢紙；其時，仙居縣縣太爺的行政權力只能及於城牆周圍十幾里區域，廣大鄉村全是「綠殼」的天下，我的一位數學老師回溫嶺縣（就在仙居隔壁）探親，歸途竟被搶了五次，只剩下一條短褲。即使我這樣的小學六年級學生，那時也對「中華民國」徹底絕望了；也就是那一年，我讀到了《西行漫記》。後來，隨著年歲的增長和閱歷的增多，特別是經歷了「文革」之後，我越來越感到「人文精神」對於「現代性」的意義，以至在自己的意識裏，乾脆就把「現代性」「簡化」爲「人文精神」或「當代人文精神」（這裡的「當代」，應是法文中的 contemporain，是形容詞）了。

我認爲，「人文精神」既是一個「共時」的概念，又是一個「歷時」的概念——不同歷史階段裏「人文精神」的表現不全相同；此時具有人文精神的理念，到了彼時又可能「走樣」，變得沒有人文精神了。現代主義懷疑 19 世紀的「現代性」，這種懷疑仍然出於人文精神，其文化精神是更具「現代性」的；後現代主義亦復如是。梁啓超的「新民說」在當時體現著人文精神，是「現代性」；孫中山的「三民主義」、毛澤東的「新民主主義」，在其時也各體現著人文精神，也各具「現代性」。就此而言，我覺得「人文理想」似乎也可視爲「烏托邦」（你們在《對話》中曾以此詞暗指共產主義）——無論在中國還是在西方，「人文理想」都並未眞正成爲現實；但是，這些理想又是引導人類沿著「精神三角形」的無限「斜邊」（這是魯迅在《熱風》中的一個很好的比喻）向上奮進的動力。李先生分析「人文知識分子」特性的那些話十分精彩，我想：「人文知識分子」始終（一代接著一代地）堅持著對「非人文精神」的批判，這就是「現代性」的體現，它是「常新」的，亦即永遠是「現在時」的。——李先生談到施蟄存的《現代》雜誌的法文刊名爲 Les Contemporains，這是一個複數名詞，本意是（一群）「同輩人」或「同代人」，屬於共時態，倘若引申爲繼時態，那也就是「一代又一代的『現代人』」了。這樣理解並不是「進化論」的直線史觀，因爲我們特別注意到時間上的「現代」與「現代性」的區別——魯迅有一篇雜文，題爲《現代史》，其意旨即在揭示「現代史」並不一定具有「現代性」。

至於「反現代性」，我認爲應指「反人文精神」，例如希特勒的法西斯主義和咱們的「文革」——這是極而言之，實際上「反人文」意義上的「反現代性」的意識、體制等等，至今猶比比皆是。《對話》的這一章，有兩個問題我覺得可以商榷。第一個問題：李先生引述汪暉的說法，把 20 世紀初的魯迅（《摩羅詩力說》）和章太炎（疑指「國粹主義」和「佛學救國說」？）稱爲「反現代性的潮流」；你又引申說：從晚清直到「五四」之後、甚至「整個 20 世紀中國歷史」，「現代性」與「反現代性」始終相生相伴，前者「並不佔有一個話語霸權的地位」（見頁 89）。我覺得這些說法至少沒有把意思表述清楚，對此，我將在下面兩小節裏詳述敝見。第二個問題：關於「文革」，你引述「一種觀點認爲，『文革』也是現代性的一種極端表現」；李先生則說「『文革』就代表了年輕一代對於整個中國文化的一種很極端的虛無的反抗。」（頁 101）對這些說法，我也未敢苟同。作爲親歷者，我的一個深切感受就是：「文革」決不是一種「自下而上」的運動，恰恰相反，從準備階段（遠可上溯至「社教運動」乃至「反右」，近則表現爲對《海瑞罷官》等的批判）開始，它就是「自上而下」的、精心準備的、步步爲營的「陽謀」。「西糾」、「聯動」這兩個最有名的早期紅衛兵組織，其成員是清一色的高幹子弟；聶元梓的「第一張大字報」，是領受領袖「旨意」而寫的。「文革」以「橫掃一切牛鬼蛇神」即在全社會清除「異己」的暴力活動開頭，顯然不是要「打倒制度化」，而是要加強「制度化」；接著「炮打司令部」，是「清君側」，目的也在維護「制度化」；發展到「打派仗」、「武鬥」，似乎遍地無政府主義了，實際上呢，無論「老保」還是「造反派」，仍舊都是如來佛手掌上的孫猴子；直到林彪事件，方對「制度」造成眞正的威脅，但這與年輕人的虛無的反抗無干。所以，這是一場將個人崇拜推到極致，又將它與「和尚打傘，無法無天」的鼓動結合起來，挑動、利用年輕人的虛無傾向，企圖以「亂」圖「治」，而實則「亂了自己」的浩劫。說句很「掃興」的話：我覺得當時的年輕人，除了被殺掉的張志新、遇羅克等少數人外，絕大多數都是只有「迷信」而無「自信」的「庸眾」——這不冤他們，而是時代造成的，那個時代，只要「偉大領袖」發一個「最高指示」，誰不擁護？如果說成年人裏還有若干「腹誹」者，那麼一般年輕人中能獨立思考的就微乎其微了——當時紅衛兵的一句「行話」便是:「誰反對毛主席就砸爛他的狗頭！」他們也眞是這樣做的，儘管被他們砸爛「狗頭」的許多人其實並不反對、而是眞心擁護毛主席的。

「八・三一」天安門廣場的「接見」，我是在場者，當時的感覺是：群眾（絕大多數是紅衛兵）的狂熱使人聯想到莎士比亞的《凱撒》，與之形成對照的則是城樓上「領袖」對城下狂熱群眾的冷漠（我們的編隊位於全部隊伍的後部，走到金水橋前時，「偉大統帥」和「副統帥」已在城樓上呆了近四個小時，難怪）。關於這場「浩劫」，確如李先生所說，「不是三言兩語就能說得清的」，許多檔案還未解密，這個題目至今在大陸出版界仍是禁區。就我個人的切身體驗而言，感覺這是一位自知時不我待的偉大人物，企圖一攬子「了卻身前身後事」的、帶有絕望性的行動（許多老年人都有這種企圖在晚年把一切都「安排妥貼」的心理，而且對身邊的每一個人都不信任），整個國家民族爲此而付出了無法估量的代價。

「文革」極大地發展了「現代封建性」，同時又把蘇俄當年「無產階級文化派」的主張加以惡性發展並付諸實施，以「文化」的名義玩政治，又以政治來消滅文化。對我來說，它的令人恐懼之處主要有三點：其一，對人性和人權的肆無忌憚的踐踏、摧殘，包括對他人生命價值的極端漠視，同時這又意味著獸性的徹底暴露和惡性發展。那種冷酷、殘忍和草菅人命，那種爲了個人不可告人的目的而不惜與師友反目成仇、不惜置他人於死地的狠毒，至今（很可能永遠）仍常作爲各種經過「化妝」的素材而在我的噩夢裏反覆出現。這種深入到潛意識的創傷，非親身體驗者是不會懂得的。其二，兩面派言行的「合理化」和「合法化」。「文革」期間的「派仗」，形成並助長了一種口頭上冠冕堂皇，行動上蠅營狗苟的作風，這種作風至今還是許多幹部的處世之道，而且由那一代「紅衛兵」傳給了下一代，影響並已及於學界。其三就是前面講到的「現代封建性」。現在「個人崇拜」是沒有市場了，但是「官本位」傾向卻有增無已，它與「個人崇拜」是有內在聯繫的。我們把「民」和「人」合起來稱「人民」了，卻罕見運用「公民」一詞；「公僕」們似乎對先秦的另一個詞兒「百姓」很感興趣，開口閉口總是「老百姓」如何如何，還有那些自鳴得意的「爲官一任，造福一方」之類的昏話——共產黨人不是最不相信「救世主」嗎，「公僕」們卻認定自己是位居「百姓」之上的，「百姓」是離不開他們這些救世主的。當年袁水拍有首諷刺詩〈主人要辭職〉，對於今天的「公僕」們仍很適用。

要講中國的「現代性」，反封建仍是一個長期主題，這也許是中國與西方不同的一大特色。你所引用的認爲「文革」是「現代性的一種極端表現」的說法，意思也許是指只要反對既成秩序的行動、只要是繼「過去」而出現的時態，就都屬於「現代性」。我不同意這種觀點，因爲這正是直線的、「進化」（眞正的進化論亦非如是）的史觀，而「現代」這個詞兒，從一開始就是包含著正面價値判斷的。或曰：「眞正的現代性是不做價値判斷的」，但這本身也是一種價値判斷，如果出於「以人爲本」的意圖，那就是「眞正的現代性」，否則應畫問號。當然，把「現代性」等同於「人文精神」或「當代人文精神」是可能產生片面性的，至少可能忽略「物質文明」及其表現（包括精神上的表現，如浮躁、頹靡等「都市病」），但是，這些表現又須在「人文精神」的觀照之下才能顯示其意義。

從 19 世紀末到 20 世紀三四十年代的中國，其社會性質應該尚未達到傑姆遜（Fredric Jameson）所說的第一階段即國家資本主義階段，而當時的世界則已進入他所說的第二階段即壟斷資本主義階段的末期了。這種狀況使得我們的前輩接受外來文化和我們進行中西比較時，總是面對兩個「錯位」的參照系：一個是「同質」而不「共時」的參照系，一個是「共時」而不「同質」的參照系。這種錯位現象決定了中國的「現代性」與 19 世紀西方的「現代性」會有很大的差別。對此我沒做過研究，僅從感性出發，覺得至少有以下幾點是値得深入探討的：第一就是前面提到的「現代封建性」。第二，由於「錯位」，導致中國社會性質與所輸入的西方思潮之間形成不對應或不對稱的局面，而許多輸入這些思潮的中國知識分子卻對這種不對應或不對稱的情況缺乏自覺，文化一文藝領域如此，哲學、政治領域亦復如此。第三，另一些大思想家、大政治家，則極力探尋避開西方 19 世紀文明發展過程中出現之弊端的途徑，這是中國的「現代性」之所以具有現在我們所討論的正面、負面價值的一個重要原因。第四，如果從中國自己的思想傳統來考察這個問題，或許還能發現一些有意思的東西。例如，倘若從晚明的「現代性」考察，是否可以發現：那個時期出現的「人的覺醒」頗與「魏晉風度」具有內在聯繫，而魏晉精神的淵源又可推至道家（不是道教）乃至孔老夫子所說的「必也狂狷乎」呢？如果這一認識不錯，那麼上述現象是否也隱約地存在於 20 世紀的「中國現代性」中呢？我覺得近現代中國的許多著名知識分子，就都很帶「名士氣」，周氏兄弟、創造社諸君、聞一多、朱自清……莫不如是。這種深入骨髓的「傳統氣質」，是否也影響到了「中國現代性」的特色呢？具體來說，例如李先生提到的「不太有『焦慮』感」，與此是否也有關係？

文藝之「現代主義」與「非現代主義」

前面說到，你和李先生在第 89 頁提到的「現代性的潮流和反現代性的潮流」貫穿於 20 世紀中國的說法似乎沒有表述清楚，這是因爲：你們接著討論的是「五四」以來中國新文學的「現代性」問題，特別是以施蟄存先生爲代表的「現代主義」文藝與「左翼」及其他「非現代主義」文藝之關係問題；直到第 101 頁，才眞正把話題轉到社會思想和文化思潮意義上的「現代性」上來。這樣，讀者難免會提出一個問題：在 89 頁以下的「語境」裏，施蟄存爲代表的「新感覺主義」或「現代主義」究竟屬於「現代性潮流」還是「反現代性潮流」？你在第 97 頁說：「30 年代眞正推動文學現代性進程的更多的還是現代主義文學」，如此說來，「現代主義文學」應該屬於「現代性潮流」了；李先生在第 111 頁談到世紀末藝術時說，「19 世紀末西方的藝術所代表的正是對西方 19 世紀現代性的批判和顚覆」，如此說來，施先生等的「現代主義」似乎又可理解爲「反現代性潮流」了，而上述兩種說法又都涉及「左翼」等「非現代主義文學」應歸入何種「潮流」的問題。其實這是一回事，正如李先生說的：「就看你對現代性怎麼解釋。」（頁 101）但是不可否認，《對話》的這一部分在行文上（或者說在設計採訪話題和整理記錄的時候）是有所缺欠的，這種缺欠會導致讀者概念上的混亂感。依我看來，這裡出現的「對現代性怎麼解釋」的問題，還是前面所說的中、西方在時代、社會和文化思潮性質上的「錯位」造成的。此書如果再版，似宜將「現代性」問題與「現代主義文藝」或文化思潮問題加以比較嚴格的區分，起碼應作技術性的處理。

對於中國的「現代性」，李先生在第 107 頁的一段話具有「綱領」作用：「中國的現代性我認為是從 20 世紀初期開始的，是一種知識性的理論附加在其影響之下產生的對於民族國家的想像，然後變成都市文化和對於現代生活的想像。」另外，109 頁 1～7 行那一段話也具有「綱領性」。在我看來，根據這樣的思路，包括施先生的「現代主義」和「左翼」以及其他傾向的文學在內的現代文學（梁實秋的白璧德主義等亦在內），都是體現中國「現代性」的文學；至於施先生等的「現代主義」（正如李先生所說，它「更多」地還停留在「布爾喬亞的現代性」——見頁 93、95），由於對「19 世紀式」的「現代性」表露了懷疑，進行了某種顛覆，故應視為具有「先鋒性」。

施蟄存先生的《上元燈》和《將軍的頭》這兩本小說集，我是十分喜歡的——特別是後者；而且，我認為三十年代與魯迅發生過論戰的作家中，只有施先生的文筆才是較能與對方般配的（魯迅和他的論爭主要糾纏於「《莊子》與《文選》」，似與「現代主義」無干）。不過，我認為將施先生與劉吶鷗、穆時英並稱為「新感覺派」是欠妥的。這一說法，初見於 1931 年《文藝新聞》上發表的樓適夷先生的文章，繼而由錢杏邨在同年所寫的〈一九三一年文壇之回顧〉承襲，最後是嚴家炎使之獲得了「權威性」；但是，施先生自己在三十年代所寫的〈我的創作生活之經歷〉一文（見《燈下集》）中，早就聲明自己「不明白西洋或日本的新感覺主義是什麼樣的東西」，「我的小說不過是應用了一些 Freudism 的心理小說而已」。對照《將軍的頭》這個集子，他自己的說法是符合實際的（嚴家炎的文章發表以後，大陸的評論者多已認識到他的說法並不準確，因而改稱施先生的小說為「佛洛伊特主義小說」或「心理小說」了）。

「左翼」的確有宗派主義、教條主義和關門主義的傾向，魯迅就說過：「左聯」作家多「茄子色」。樓適夷和錢杏邨對施先生的批評也確有粗暴之處。但是要講當時的「文學現場」，施先生等與「左翼」作家的互相關係卻沒有我們今天所想像的那麼「緊張」（今天的「想像」，應當歸咎於解放以來現代文學史教學、研究中的「鬥爭史觀」，即前面講過的「一分為二」論，我給你們講現代文學史時，教材所遵循的還是這種史觀）。事實上，許多左翼作家與《現代》的關係相當密切，魯迅的不少雜文（包括著名的〈爲了忘卻的記念〉）都是在《現代》上發表的（該刊出到第三卷杜衡開始參與編輯之後，魯迅還在上面發表過兩篇文章），郭沫若、茅盾、周揚等也常在該刊發表文章。魯迅與「第三種人」有過論戰，但是馮雪峰與杜衡、戴望舒、施蟄存的關係特別好（儘管馮也批評過「第三種人」），而雪峰又是和魯迅關係最好的黨員作家。一般而言，在「第三種文學之旗」揭櫫之前，他們之間合作得很好：施蟄存、戴望舒、杜衡曾與雪峰策劃、出版「科學的藝術論」叢書，得到了魯迅的熱情支持；「左聯」成立大會，杜衡、戴望舒都參加了（施蟄存恰巧回松江，未能與會），所以他們都是「左聯」成員。後來杜衡揭起「第三種文學」之旗，實際上反映著既不滿於「集團的浪漫主義」，又想超越「個人主義的浪漫主義」的企望；魯迅和雪峰對「第三種人」的批評，比較帶有善意，與瞿秋白、周揚不同。至於創作領域，那時「左聯」是不可能對施先生等起什麼「禁壓」作用的，無非寫些帶有「左」的傾向的書評而已，況且，即使樓適夷，在那篇文章裏還是肯定了〈石秀〉等作品的成就的，並無「一棍子打死」之勢。

《文藝新聞》是以「中間面目」出現的「左聯」的外圍刊物，其主編袁殊（學易）是潘漢年系統（「特科」）的地下黨員（後因潘楊案而入獄，十一屆三中全會後方得平反，寂寞、孤獨地死於北京西山的平房裏），這份週刊就對穆時英的作品表示過熱情的肯定和期許。這並不奇怪，因爲許多左翼作家都具有浪漫主義氣質，對日本的現代派文學也不陌生，他們並不排斥用先鋒性的文學樣式來對「資本主義」進行「戰鬥」（勞倫斯的《恰泰來夫人的情夫》，其政治觀念不就相當「左傾」嗎）。這種對西方現代主義的興趣，並非始於三十年代，吳忠傑先生有一本研究中國現代文學中的現代主義的專著，觀念雖比較傳統，但對民國以來的這條線索，理得相當清晰，資料也較豐富。他是分流派梳理的，從叔本華哲學在中國的影響說起，包括象徵主義、唯美主義等「世紀末」文學，直到「九葉派」等；朱壽桐也有一本專著談這個問題，他遵循狹義的區分，將「世紀末」文學形態摒除在外，而把中國的現代主義統稱爲「泛現代主義」——這個概念我很欣賞，與李先生的觀點可能也是吻合的。從他們提供的史料可以明顯地看出，自「五四」至四十年代，現代主義文學和「非現代主義文學」的關係，常常也是「你中有我，我中有你」的，而「眞正的」現代主義則尙未形成，這可能也正是「中國特色」之一。

歷史不可能重演，倘若「左翼」不那樣「排外」，三十年代的文藝景觀也許會更多彩些。但是又應看到，「左聯」對「盟友」雖粗暴過，它卻不可能實行「專制」，因爲當時它自己也處於迫害之中，並不具有延安時期和解放後中宣部那樣的能量和作用。我們在摒棄文學「政治化傾向」的同時，不宜把使現代主義文藝凋零的「罪責」全推給「左聯」；我們在批評它的「左」的傾向時，也不可忘記當時居於統治地位的是國民黨的專制政權。這些又都可能關係到三十年代「中國現代性」的特色。

對於「現實主義文學」成爲 20 世紀（特別是三四十年代）中國文學主流的原因，李先生的分析是很中肯的。我想補充兩句話：一、中國的 20 世紀，本來就屬於傑姆遜所說的「現實主義階段」；二、20 世紀中國的「國情」，使得中國新文學與政治的關係必然特別密切。

以上兩點，在抗戰時期和解放戰爭時期的文化—文學景觀裏表現得特別明顯。對於這一時期的文化—文學現象，我覺得又有兩點特別值得注意：第一，抗戰造成了一種「文化西行」的勢態，在某種程度上似乎可以稱之爲當時的文化上的「西部開發」。第二，抗戰至解放戰爭時期出現的重視「人民文藝」（或稱「民族化、大眾化」）的潮流，固然後來發展爲「左」的文學思潮（有的人稱之爲「工農兵文學」），但是我們不能因此而忽視它的歷史價值和作用（改革開放之後，現代文學研究界大部分人對這個問題的「反思」，在我看來是不無偏頗的）。

民國三十五年版《萬世師表》

我只想在這裡講講自己的親身感受：抗戰時期我家沒有逃到「大後方」，但是我讀小學的那個窮鄉僻壤，卻也可以視爲浙江的「小西部」。就是這樣的僻壤，由於文化人的「遷入」，精神生活的變化也是明顯的。大致與重慶的「戲劇運動」同時，我們那裏師範部學生劇社演過的話劇，我記得起來的就有郭沫若的《棠棣之花》、陳銓的《野玫瑰》、袁俊的《萬世師表》（我還被借去扮演劇中林桐教授的兒子）、陳白塵的《禁止小便》等等。不必說話劇的形式對農民來說是全新的，只要看看劇社千方百計從老師家裏挖出來的那些「摩登」服裝和道具，也就令那些「小西部」的農民觀眾大開眼界了（例如《萬世師表》裏要用網球拍，到處尋覓而不可得，劇社只得以羽毛球拍代替，而在當時、當地，連許多學生觀眾也沒看見過羽毛球拍）。

到了 1948 年左右，我們的音樂老師突然開始在音樂課上接連地教唱民歌。這兩位女老師原是我父母的學生，其中一位就曾擔綱出演《野玫瑰》和《萬世師表》的女主角，另一位在《萬世師表》裏也擔任過重要角色。在當時的小山村裏，她們是極其炫目的「摩登女性」——無論就衣著打扮還是意識形態而言，都令當地鄉紳和農民側目而視；謠言不斷，她們卻我行我素。夏日晚飯之後，她倆經常先帶我們幾個「先生兒」、「學堂囡」，爬上附近一個綠草如茵的大墳包，一同反覆高唱：「年輕的朋友趕快來，忘掉你的煩惱和不快！千萬個青年一條心，唱出一個春天來！」兩位老師這樣做，也許包含著並非自覺的「政治性」動機，但對我們這些小孩子來說，喜歡這些歌的原因卻純粹是「爲藝術而藝術」的——僅僅覺得它們比原來聽過的那些〈秋水伊人〉、〈何日君再來〉、〈桃花江〉、〈毛毛雨〉之類新鮮、好聽、提精神而已。對於國統區的受眾來說，這些民歌的傳播，是解放區文藝的先聲，當時他們眞的覺得從中發現了一個全新的世界，首先是全新的藝術世界。1949 年，解放軍 35 軍文工團在南京公演《白毛女》，居然可以把熊佛西先生任校長的國立南京劇專「演垮」——學生看了戲之後，絕大部分都參軍了，一些人進文工團、隊，一些人進南下工作團。這種現象，現在的年輕人是不知道也體會不到的；原因不複雜——習慣了城市文化的浮靡之後，多數受眾必然會迅速地被「山野文化」的活力、清新、拙樸吸引過去。

李先生談到大陸當代作家運用民間語言的成就，我想，追根溯源，這種成就應該得益於解放區文藝——「五四」作家提倡「到民間去」，但是除了民俗學外，文學仍然停留在「鄉土文學」階段，仍是「僑寓」在城市裏的文化人用文人的書面語言所寫的文學；語言和形式的大眾化之實踐問題，確實是在解放區首先得到解決的。李先生談到當代作家運用民間語言的成就時又用過一個很精彩的詞——「悖論」，關於「現代主義」或「現代性」的悖論；在我看來，這個悖論裏面就都滲透著「人文精神」。

關於魯迅的兩個問題

第一個問題：竊以爲談魯迅的早期思想，一定要把〈摩羅詩力說〉和〈文化偏至論〉、〈科學史教篇〉聯繫起來考察。

這三篇重要的論文，從三個方面顯示了魯迅對當時的（contemporain）西方文明、特別是 19 世紀西方文明的看法：〈科學史教篇〉可能是中國的第一篇科學哲學論文；〈文化偏至論〉主要從人文精神的角度論述 19 世紀西方文明的「偏至」，從哲學的高度探討 20 世紀新文明的方向；〈摩羅詩力說〉則相應地在文藝範疇提倡「摩羅」式的浪漫主義精神。

〈科學史教篇〉的價值，簡而言之，我認爲有以下幾點：（1）總結西方科學史特別是 19 世紀西方科學技術發展的經驗和教訓，認爲其正面經驗主要不在極大地促進了物質文明的發展，而在科學哲學、科學精神，特別是方法論上所取得的成就（這一見解與嚴復有一致之處）。（2）認爲西方 19 世紀科學的方法論，主要表現爲「內籀」和「外籀」的完善（這一見解與嚴復不同——嚴復是只推崇「內籀」即歸納法的）。西方現代科學的科學精神，則主要表現爲大科學家們「以知眞理爲唯一儀的」的、非功利主義的「科學人」的人格。倘若只見工業技術之發展、物質文明的成就而看不到以上諸端，那就是倒果爲因、見枝葉而不見本根。（3）認爲 19 世紀科學發展的趨勢證明單憑「內籀」或單憑「外籀」都有局限；必須二者並用，20 世紀的科學才能繼續飛速發展。這一見解大大超越了作爲前輩思想家的嚴復，也超越了同時代的許多思想家。魯迅在文中曾說，牛頓的科學成就，便是綜合運用「內籀」「外籀」而取得的；而恩格斯在《自然辯證法》裏還稱牛頓爲「歸納法的驢子」。（4）認爲科學必須與人文同時發展，才能「致人性於全」。

奇怪的是，許多研究魯迅的專家（包括一些「權威」）一直沒有讀懂〈科學史教篇〉。1958 年版《魯迅全集》的注釋者，在該文的第一條注釋裏對文章內容的概括，就根本沒有抓住要點；後來李何林先生在一本《魯迅雜文選集》（書名記得不一定準確）裏，對於該文的解釋基本沿襲了這條注文的說法；

時至今日，還有人引據上述錯誤的解讀在與持不同意見者大打筆仗（見今年某期《魯迅研究月刊》）。魯迅在這篇論文裏並沒有貶低科技的作用，而是強調理解科學的本性和本質之重要意義，這是對 19 世紀西方科學正面經驗非常精闢的總結，又十分準確地對 20 世紀科學發展的方向作出了預測。這些見解在今天仍不過時。

〈文化偏至論〉的核心當然在於提出了「掊物質而張靈明，任個人而排眾數」的主張。值得注意的是，該文在肯定西方資產階級革命和資產階級民主制度的歷史作用之後，著重批評了它們「以眾製獨」，可能阻礙個性的發展，進而壓抑、扼殺天才的偏頗——這正是作者推崇自叔本華到尼采那一批 19 世紀末的哲人思士的用意所在，而這些哲人思士的思想，又正是西方現代主義文化思潮的先聲。立足於「矯十九世紀文明」的偏頗，尋求更爲「沉邃莊嚴」的、「與十九世紀之文明異趣」的「二十世紀之新精神」，亦係該文的目的和主旨。

對於〈文化偏至論〉，過去大陸的魯迅研究者和文學史著作都不敢肯定，因爲涉及唯物和唯心，集體主義和個人主義，實踐論和天才論這樣一些「原則問題」，都怕「觸雷」。有些研究者更著力「批評」該文的「唯意志論」、「天才論」即「歷史唯心主義」，離開歷史背景去大談它的「局限性」，所反映的不過是些犬儒之見。實則此文與〈科學史教篇〉互相呼應，鮮明地表現了「超十九世紀」精神。正是基於上述理念，作者乃在〈摩羅詩力說〉中呼喚「立意在反抗，指歸在動作」的摩羅詩人。

所以，魯迅早期思想的起點很高，他的「反現代性」所反對（或者說所力求避免）的，正是西方 19 世紀「現代性」之偏頗；他的這些早期論文裏所表現的，正是西方現代主義思潮的那種「現代性」，正是一種「更現代」的人文精神。我在前面說到第 89 頁中關於「反現代性潮流」和「暗流」的說法需要修改或加以準確地說明，理由就在這裡。章太炎的觀點雖與魯迅有別，但也絕不是「逆流」意義上的「反現代性」潮流。托爾斯泰對 19 世紀「現代性」也是嚴厲批判的，但他所提倡的「復古」主義看起來卻是「倒退」的。記得盧森堡說過這樣意思的話：托爾斯泰是文學家而不是政治家，所以對於他所提倡的回到「村社」去的主張，不能過於認眞，而要把眼光放在他的文學作品上，他的文學作品反映的是眞正的人文精神。魯迅的早期思想雖已與托氏判然有別，但他所提出的建立「人國」的主張，卻也有著明顯的烏托邦色彩，因爲他也不是政治家；然而，這卻正是改造國民性思想的發端。與「五四」以後對國民性的批判不同，這裡完全是從正面說的，固然反映著不切實際的「樂觀」，卻又顯示著青年的銳氣。同一時期還有一篇未寫完的〈破惡聲論〉，其中用了相當的篇幅論述中國先民所具有的健康的人性和向上的精神，我認爲與〈文化偏至論〉中關於「人國」的論述是有互補性的。

第二個問題：我認爲對《故事新編》，大可加以重新評價。過去大陸的魯迅研究者拘於「現實主義至上」觀念，對這個小說集普遍評價過低，實則它對研究魯迅美學思想和創作方法的複雜性，有著十分重要的價值和意義（「創作方法」一詞，學外文的人多理解爲技巧，而在大陸的中文系，則習慣於把它理解爲世界觀在藝術範疇的表現，這大概是蘇聯文論的影響，不壞）。

李先生談到魯迅對寫實主義的「懷疑」（頁 90、91）以及 30 年代「左」的文藝思潮對他的「壓迫」（頁 100），這一見解十分精闢，惜乎未曾展開。魯迅剖析自己的思想，說總是處於「個人主義」和「人道主義」的矛盾之中；因爲這話是在《兩地書》中說的，所以大陸的研究者一般都解釋爲「前期的思想矛盾」——這多半是由於偉大領袖講過：魯迅的後期雜文沒有片面性。既然如此，他的後期思想也就不應該再存在上述矛盾了。我在這裡只想強調：上述思想矛盾，明顯地影響著魯迅的美學觀念和創作方法，前期如此，後期仍然如此。

現在，大陸的研究者已經普遍承認《野草》不是寫實主義作品，而且給以很高的評價了；魯迅自己曾說，《彷徨》在技巧上雖更成熟，但沒有了《吶喊》的銳氣，而現在大家對《彷徨》的評價也已經高起來了。順著這樣的思路，也已經有人在對《故事新編》加以重新審視。我想提出一個和你們的對話相關的、非常有趣的話題，那就是《故事新編》與《將軍的頭》的相同之處。

李先生把施蟄存小說的風格和意蘊概括爲「愛欲」和「荒謬」（頁 95），而《故事新編》的特徵恰恰也是「荒謬」（大陸的研究者不敢對這個集子評價過高，正是由於無法迴避此一特點），至於「愛欲」，除了〈補天〉之外，其他篇中似乎表現得不甚突出，但魯迅對佛洛伊德學說的熟悉和經常運用，是不必贅言的事實。你們又談到「五四」小說與西方現代主義小說在時間觀念上的「徑庭」，這當然是抓住「要害」的；然而《故事新編》的荒謬性卻正是建立在打亂時序的「神話結構」之上的。在《故事新編》裏，「今天」的時空被疊加於「古代」的時空之上，而這「今天」的時空則或寄託於故事中出現的當代角色（如〈起死〉），或寄託於故事中出現的當代話語和事物（如〈理水〉、〈采薇〉、〈出關〉）。作者總是存心突出它們與古代時空之間那種十分明顯的「拼接」痕跡，從而「提醒」讀者注意「古」和「今」雜糅在一起時所出現的悖謬性，進而讓你去思考悖謬性後面所蘊藏著的「相容性」。就此而言，《故事新編》比《將軍的頭》似乎更具「現代主義色彩」：後者對時序的處理主要體現在心理分析上，是「不見痕跡」的「荒謬」；前者則是直接的打亂時序，是不加掩飾的「荒謬」——所以，後者仍是「歷史小說」，前者只好稱爲「故事新編」。過去人們往往只看到施、魯的相爭，卻忽略了他們當時這兩部作品的相似之處以及其中蘊含的意義。

《故事新編》雖出版於 1936 年，所收作品卻跨著十三個年頭，〈補天〉的寫作時間早於《野草》首篇〈秋夜〉，而〈鑄劍〉的寫作時間正與《野草》集相接。這就是說，從「五四」初期到魯迅逝世之前，與他的「寫實主義」觀念相平行，一直貫穿著一條「非寫實主義」的藝術思路，而且在創作上延續得更爲連貫。早在〈擬播布美術意見書〉裏，魯迅闡述「美術」（當時即指「藝術」）的本質，就十分強調「神思」的作用，也就是人的主觀性。魯迅喜歡的幾位畫家，如陶元慶、司徒喬、凱綏・克勒維支等，都不是眞正的寫實主義者，他們的作品都具有突出的「變形」特徵，也就是強烈的主觀性（或曰「表現性」）。就此而言，胡風的「主觀戰鬥精神」說和邵荃麟的「現實主義深化」論，確係對「魯迅精神」的正確闡發；而魯迅的「寫實主義」之所以不同於「經典寫實主義」，也正可從他的上述美學觀念以及他的那些「非寫實主義」的創作實踐中找到答案（我認爲現代作家中比較符合「經典性」寫實主義的作家，當屬茅盾和葉聖陶）。

關於文藝的功利性，〈摩羅詩力說〉中曾說：文學（詩）不像畢業文憑那樣具有實用性，它固然能夠振奮精神，但這不是它本身的任務，就像人在大海裏游泳之後，精神確能爲之一爽，而大海卻並沒有爲人提神的用意和任務一樣。後來魯迅確實改變了上述見解，開始強調文藝「爲人生」，但是他又總是同時強調文藝乃「閑暇」的產物，應該「好玩」；他自己畢生不曾中斷對漢畫像石的收集工作，又興頭十足地與鄭振鐸一起印《十竹齋箋譜》，儘管後人對這些行爲賦予很高尚的動機或「文化意義」，我看魯迅自己主要都是出於「興趣」。正視上面這些「非寫實主義」的、「非功利主義」的事實，有助於我們瞭解魯迅的「全人」，也有助於我們瞭解當時中國文化界的「現場」。

關於《臥虎藏龍》

在第 146 頁，李先生說到電影《臥虎藏龍》，認爲「片子的主要人物當然是李慕白，李安自己更重視的是這條『臥虎』以及臥在他內心深處的核心感情，但是，美國的影評人最推崇的反而是玉嬌龍身上的叛逆和外露。」這裡很有意思地涉及電影和原著的關係以及接受美學上的一些問題。

把李慕白（或者加上俞秀蓮）視爲電影《臥虎藏龍》的主角，這一見解又見於國外的一次評獎（什麼獎記不清了，好像是「金球獎」）：這部片子得了若干獎項（好像是十個）：章子怡得的就是「最佳配角獎」。一些觀眾或評論家有這種看法不奇怪，因爲他們沒有看過原著，而李安在改編原著的時候確實「塞」進了許多自己的東西，「塞」得既有巧妙之處，又有不見得巧妙之處。

《臥虎藏龍》原是五部既有內在聯繫又各具獨立性的系列小說中的一部，按情節先後排列，這五部是：《鶴驚崑崙》（連載時題爲《舞鶴鳴鸞記》）、《寶劍金釵》（連載時題爲《寶劍金釵記》）、《劍氣珠光》（連載時題爲《劍氣珠光錄》）、《臥虎藏龍》（連載時題爲《臥虎藏龍傳》）、《鐵騎銀瓶》（連載時題爲《鐵騎銀瓶傳》）；按寫作時序，則應排爲《寶》、《劍》、《鶴》、《臥》、《鐵》，也就是說，情節意義上的第一部，是在寫完第二、三部後補寫的。《鶴驚崑崙》裏寫到李慕白的父親（此書主角則是江小鶴——即後來成爲李慕白之師的「江南鶴」——和他的初戀情人鮑阿鸞）；《寶劍金釵》敘李慕白與俞秀蓮的愛情故事；《劍氣珠光》既接敘李、俞愛情，又引出楊豹盜竊大內寶珠的故事（楊豹則是羅小虎的親哥哥）；《臥虎藏龍》的主角當然是羅小虎和玉嬌龍；《鐵騎銀瓶》寫了羅、玉二人的結局，主角則應是玉嬌龍與羅小虎的親生兒子韓鐵芳和玉嬌龍的養女春雪瓶。所以，這是四代俠士、俠女的系列愛情故事，書名裏都暗寓著兩個主要的「對立面」（「鶴」和「崑崙」分別包含江小鶴和鮑阿鸞祖父的名字；「寶劍」「金釵」是李、俞的「符號」；「劍氣」「珠光」分別暗指李慕白和楊豹；「鐵騎」是玉嬌龍遺留給兒子的寶駒，「銀瓶」則是春雪瓶生母留下的信物）。

《寶劍金釵》寫得最見功力，《臥虎藏龍》則在觀念和技巧上最帶現代性。李慕白和俞秀蓮的愛情故事（一個「情」與「義」、「愛」與「禮」糾纏得難解難分的迴腸百轉的故事），在《寶劍金釵》裏已經寫到「盡頭」（或曰「頂峰」）了，所以《劍氣珠光》想接寫李、俞而現「江郎才盡」之態。到了《臥虎藏龍》(實際上從《鶴驚崑崙》即寫作次序上的第三部已經開始),由於作者轉而採取寫一部換一對主人公的方法,從而獲得了另開生面的效果。因而,在《臥虎藏龍》的原著裏,李慕白不僅不是主角(「臥虎」指的是羅小虎),而且由於他已經獲得極頂武功,自居爲「白道權威」,又以「江湖秩序捍衛者」的面目出現,所以令讀者感到有點面目可憎了。原書作者寫玉嬌龍,則以首創「亦正亦邪」的叛逆性格而令讀者覺得耳目一新;又因作者相當自覺地運用了心理分析派的美學理念,著力展示「生命力的躍進」之悲劇性,而使這部作品具有了相當鮮明的現代色彩。

李安對《寶劍金釵》是相當偏愛的(王度廬作品的許多老讀者都是這樣,這部小說眞的可以視爲既繼承了古典說部傳統,又滲透著現代精神的「極品之作」),他當時並無拍攝這部作品的計劃(現在有了,據說初步定名爲《臥虎藏龍前傳》),所以在拍《臥虎藏龍》時,就大量增添了李、俞的「戲分」,甚至不惜「喧賓奪主」。我說他「塞」得巧妙,主要指他雖增添二人「戲分」,卻沒有「搬動」《寶劍金釵》的情節,這就爲拍《前傳》預留出了空間。然而也有「失策」之處:爲了煽情,片中「杜撰」了一個李慕白與俞秀蓮生離死別的結局,但如再要拍《鐵騎銀瓶》,那就勢必不得不繼續「歪曲原著」了——原著中,李慕白是一直活到「《鐵騎》時代」的。這還不是我所說的「塞」得不巧妙之處,眞正不一定巧妙之處,起碼可以歸納出三條:首先,作爲改編小說原著的電影作品,把男女主角都「改掉」(至少改得模糊不清)了,似乎不能算完美。其次,由於把筆力集中在李、俞,勢必丟掉《臥虎藏龍》原著的許多精彩內容(人物如類似「生龍活虎的阿Q」之劉泰保;情節如許多極帶「京味兒」的生活場景)。第三,大概爲了適應「洋人口味」而把王度廬加以「金庸化」(什麼「清冥劍一出,武林必將如何如何」以及「手中無劍,心中有劍」之類的語言,王度廬是決不說的——金庸走的是玄學化的路子,王度廬則走的是平民化的、拙樸的路子),這就必然失去了原著的一些主要風格。

當然,編導者在從事「二度創作」時,完全擁有按照自己的理解重新詮釋原著的自由;但是既爲改編,則觀眾和評論者也就擁有按照「改編作品」的規矩,對電影加以批評的自由,讀過王度廬原著的人對這部片子都有所不滿,這是有道理的。我對這部電影還有一點微詞:把「原著」列在片末的製作人員名單裏,用小號字一「拖」而過,這對原作者是很不尊重的,如果是金庸的作品,他敢這樣做嗎?!所以,儘管王夫人和她的女兒對李安都感激不盡，我仍覺得該導演有「勢利」之嫌。

回過頭來看歐梵先生所說的美國影評人的評價，倒是符合《臥虎藏龍》原著精神的（我記得還有美國影評家說，這部電影可以和奧斯汀的小說加以對比，亦非泛泛之見）；歐梵先生對李安「導演詮釋」的審美核心，也是剖析得很準確的。由此又引出一個問題：西方不是有「歷史皆僞」之說嗎，如果把《臥虎藏龍》的原著看作過去時的「歷史」，那麼有「僞」的倒是現在時的電影了；當然，如果把電影看成「歷史作品」即對原著這個「歷史事物」的轉敘，它也仍是有「僞」的。儘管文藝作品不同於歷史著作，但上述「反命題」的存在，似乎仍然很有意思。

關於漢語的「危機」

當代小說我看得很少，這裡所謂危機，主要指「應用漢語」即公文用語、新聞用語等的嚴重無序狀態。

語言當然應該是「活」的、發展的，但是不能沒有規範、不能不遵循「語言軌道」。李歐梵先生講到彭定康可能是能夠運用純正英語的最後一人，其實類似的問題在中國大陸要嚴重得多。他又指出「應該值得注意的是」這種說法存在的語法問題（見頁 241），在我看來，這半個例句除了缺主詞（「誰」）之外，還存在「床上架床」的毛病——「應該」和「值得」兩個詞，有一個就夠了；這種毛病的根子，我以爲主要並不在於搬用「翻譯語言」。但是，它和我所說的「應用漢語」的無序狀態比較起來，那眞是小而又小的「小巫」；至於「大巫」，起碼可以隨手舉出以下幾種：

共產黨重視並提倡民間語言的積極意義，我在前面已經作過肯定；但是這也帶來消極後果，就是把一些不規範、不嚴密的用語帶進需要嚴謹、需要規範的文字中去了。最典型的例子便是大陸的公文、新聞、講話稿等中經常出現的那個「搞」字，《現代漢語詞典》解釋此字只有三個義項（新版又刪掉一個），而在實際運用中它卻成了一個「萬能動詞」，嚴重的是，連中央文件和學術論著裏也被這樣運用了。此外，如「投資」稱「砸」（進了多少錢），「切入點」稱「抓手」，「引起注意」稱「吸引眼球」，「奠定、加強」稱「夯實」等等，偶一用之未嘗不可，變成「規範說法」則甚可虞。上述語例的始作俑者多半是基層幹部（特別是那些替他們起草文稿的小秘書、小文書們），問題在於，「上面」的老爺、學者、記者、編輯們的水準也和他們差不多。

基層幹部們還有一個本事，便是善於創造縮略語和用「開中藥鋪」（一、二、三、四，甲、乙、丙、丁）的方法，來記憶「上頭精神」或簡化向下貫徹的領導意圖。這個本事也已「反滲透」到了上層，而且從語言科學方面考察，有時竟達到了荒謬的地步。例如，「三個代表」這個縮略語，如果非用不可，至少應將「代表」一詞加上引號，因爲在未縮略的原文裏它是動詞；現在我們卻公然把這個縮略語翻譯成 three represents 啦，這起碼說明：中央的「文膽」們和中宣部、對外宣傳部門的學者以及主管首腦們，連動詞、名詞的詞性區別都還弄不清楚。最近我還在某作品裏看到一個新縮略詞——「三代辦」，一開始莫名其妙，後來方知說的是「學習『三個代表』理論辦公室」。在該作品裏，此詞即出諸基層幹部之口，而在生活中，許多莫名其妙的「新詞」也正是這樣流行起來並被納入「規範語態」的。

現代漢語裏不可能不遺存一些文言詞語，照道理，學過中學語文的人運用這些文言詞語，是不應出現知識性錯誤的。實則不然，連中央電視臺的播音員都不斷地運用著「開赴到」、「這其中」、「堪稱是」、「企圖要」等等說法。要講責任，至少又可以追溯到那些編輯、總編輯們：學到的語文知識是不是忘光了？在這方面，比他們更高數級的「文膽」們也好不了多少。現在常說的「權爲民所用，利爲民所謀……」那幾句話，意思是不壞的，可惜的是「文膽」想拽拽「文」，卻拽出了笑話：應該也是中學語文課上就講過——「爲……所……」結構，是表被動意義的，「爲」就是「被」，「所」則不必翻譯。所以，「權爲民所用，利爲民所謀」只能譯爲「權被老百姓用去了，利被老百姓謀去了」，與「文膽」想表達的意思大相徑庭。按他們想表達的意思，這幾句話應說成「權爲民而用，利爲民而謀……」才對！（按「爲……所……」結構有時也表動賓關係，但也不是「文膽」要表達的意思。）

這種情形，鑽了語言發展中「約定俗成」這個規律的空子，把漢語推向越來越粗俗、越來越不規範、越來越不科學的境況，豈止「略輸文采」，簡直「斯文掃地」！然而從上到下，熟視無睹；批評意見，無人重視；撥亂反正，難而又難。當然，追根溯源，陳腐的語文教學也是難逃其咎的。

徐斯年 2003-12-6

2015-12-10 增訂